Photos *on Stage* / 星組

祖国への挽歌

日系人マフィア　モンタナジョーの生涯

作・演出　野伏翔
著　工藤尚廣

演劇「祖国への挽歌」— 2023年9月公演 —

[キャスト]（月組 / 星組）

ジョー	松村雄基
あかね	石村とも子
衛	伊地知隆彦
ジョー（少年）	芹沢幸紀 / 林瑠之介
エディ上原	佐羽英 / 多田広輝
トビー篠塚	小野塚雅人 / 蟻浪航
エミリ	仁科咲姫 / アンジーひより
森	潮見勇輝/ 稲村幸助
保安官	近藤築
トム田淵	原田晃希 / NAOYA
シン清宮	小倉功 / 川野雄平
トーマス	吉田涼馬 / 片山峻
恵子	真白望愛 / 望月よしえ
山本佳代	三浦さなえ / 灘美衣奈
山本トメ	いそなおこ / 豊瀬由葵
原田	松山義文
山本	道脇広行
北村	トム・キラン
ヤンギ北村	大鶴義丹
北村礼子	早瀬久美
礼子（少女）	西脇里佳 / 山田あんり
ダニエル井上	土方辰夫 / 松本大史
レイモンド・パトリアルカ	倉田秀人
メアリ	ERRIN / 半井小絵
幸子	棚橋幸代
ビル	荒井孝
敏江	冨澤菜穂子
スマイリー山田	肥後遼太郎 / 宮里拓朗
ホビー原口	杉本健太 / 車田けんと
ピース豊臣	奥秋賢将 / 天戸拓磨
ロペス宮本	鳴海翔哉 / 山本叶多
マイク伊波	與島瑠晟 / 南條裕貴
トニー田辺	根津航平 / 廣瀬智晴
ダンサー＆娼婦	雨弓さつき 岩本明日佳 長沢茉鈴 羽真侑李 稲野祥子 中川理恵 相澤瑠香 松本弥恵 東杏音
カルロ・ガンビーノ	原田大二郎

[スタッフ]

作・演出	野伏翔
照明	佐野育子
美術	浅井裕子
音響	吉賀俊輔
振付	中原芳子
衣装	YOSHIKI
アクションコーディネート	潮見勇輝
舞台監督	土居三郎
キャスティングプロデューサー	永嶋晶
制作	瀬尾里奈
企画 製作	劇団夜想会

祖国への挽歌

日系人マフィア　モンタナジョーの生涯

目次
contents

装丁　芳本亨

プロローグ

世界が憧れるリゾートアイランド、ハワイ。バブル景気をきっかけとして日本人で賑わうようになったハワイ諸島だが、観光客のいない鄙《ひな》びた風情を残す小さな島が今も残されている。

その島にはハワイ先住民の血をひく人々が多く住み、ハワイの伝統文化が色濃く残っていた。ハワイ観光の拠点となるオアフ島の喧騒とは無縁の静謐《せいひつ》さに溢れた島だが、十九世紀には難病として恐れられたハンセン病患者の診療所が存在していた。その患者を献身的に支えた神父が建てた教会が残っている。

その教会に隣接した公園の古ぼけたベンチにソフト帽を被った老人が佇んでいた。日は高く、青く澄んだ空の下、風もなく鳥たちの囀《さえず》りが聞こえるばかりである。

老人は教会の尖塔の上にある十字架を眺めていたが、ぷいと目を逸《そ》らし、苦虫を噛み潰したような表情を見せた。

老人のベンチの周辺には鳩が群がっていた。鳩たちの目的は老人の手の中にあるヒマワリの種である。老人の種を撒《ま》く手の動きと呼応するように鳩たちは集まる。老人はなにやら自分が鳩の世界を支配しているような浮かれた気持ちになったが、やがて群れの中にいる小柄な鳩に目がとまる。ヒマワリの種をいくら撒いても、それにありつけるのは体の大きな鳩ばかりであった。

「ほら、今度はこっちだ」と小柄な鳩のいる場所へ種を投げるが、やはり大柄な鳩に阻まれてしまう。

「いいか、チビ助よ。自分よりデカイやつと戦うときは、なによりも速さが決め手だ。スピードだ。迷ってはいけない。素早く、冷静に、そして冷酷に」

右往左往しながらも老人が投げた種にようやくありつけた小柄な鳩が「クルックル」と得意気な声を上げるのを見て、老人は嬉しそうに微笑んだ。

「そうだ。そうやって生きていくんだ。俺は常に自分よりもデカイやつを喰って生きてきた。おまえもそうやって生きていくんだ」

老人の座るベンチから数十メートル離れた木の陰には二人の男が佇んでいた。きちんとした身なりだが、ハンチング帽を目深に被り、その奥で目が猟犬のように光っていた。彼らはＦＢＩのエージェントであった。老人はＦＢＩの証人保護プログラムの対象者であった。老人は二十年以上もの間、マフィアからの報復という命の危機に晒《さら》されていた。だが、老人の表情には命を狙われる恐怖など微塵もなかった。むしろ飄々として、その生と死の狭間にあるスリルを楽しむような大胆不敵さがあった。

老人は、日本人移民の二世として一九一九（大正八）年十月十九日、カリフォルニア州のストックトンというアメリカで五番目に大きい農業郡庁地で生まれた。第二次世界大戦時はアメリカ陸軍史上最強の軍隊と謳われた第四四二連隊戦闘団に所属。戦後はイタリアン・マフィアと熾烈な抗争を繰り広げ、アジア系マフィアのボスとして君臨した伝説の男であった。

ヒマワリの種にありつこうとする小柄な鳩を応援するかのように老人のしわがれた声が次第に大きくなる。

「ゴー・フォー・ブローク！（当たって砕けろ！）」

その眼差しは愛する者を慈しむやさしさに溢れていた。

十六歳

第二次世界大戦後、アメリカの裏社会を牛耳る日系人を中心にしたアジア系のマフィアがいた。「モンタナ七人衆」と呼ばれた組織のボスが〝モンタナジョー〟である。

彼の本名は衛藤健。日本人移民の二世として一九一九（大正八）年十月十九日、カリフォルニア州のストックトンで生まれた。身近な人たちからは「ジョー」と呼ばれていた。

ジョーの父、衛藤衛《まもる》は一八八三（明治十六）年、大分県大野郡小富士村で生まれた。衛藤家は平家の流れをくむ衛藤一族という武士の家系だった。遥か昔の平安時代末期、源氏に追われる落人となった衛藤家は小富士村に住み着いたと伝えられている。

衛は大分師範学校を卒業し、神戸の関西学院神学部の体育教師として教鞭を執っていたが、在米日本人移民の生活実情調査のため、大学及び日本政府から調査員として選ばれてアメリカへ派遣された。

日本人のアメリカへの移民は明治維新の真っただ中の一八六八（明治元）年、のちに〝元年者〟と呼ばれることになる若者たちのハワイへの渡航で始まる。やがて移民はカリフォルニア州にも広がる。サトウキビ畑やパイナップル畑の労働者として入植した彼らだが、勤勉で低賃金で働くことからほかの国からの移民たちの反感を買い、また日用品を日本から取り寄せる生活スタイルで地元の住民からも疎まれるようになる。

日系移民にとって追い風となったのは一八八二（明治十五）年に制定された「中国人排斥法」であった。これにより中国人労働者の移住が禁じられると、日本人は「安価な労働力」として需要が高まっていった。

一九〇五（明治三十八）年に日露戦争が終わると日本国内は戦後恐慌で失業者が激増し、農家の次男以下は国外に新天地を求めるようになった。彼らの多くは海外で大金を稼ぎ、「故郷に錦を飾る」ことを目的としていた。意識の上では〝移民〟ではなく〝出稼ぎ〟だったのだが、あまりにも低賃金であったため日常生活もままならなかった。そのうえ、仕事を奪われた地元の労働者の恨みを買い、やがて全米で排日機運が高まっていったのである。

移民の多くは英語が話せなかった。言葉の通じない異国にいる寂しさと、ただひたすら働くだけの虚しい生活が続く中で、彼らが慰めとして求めたのは酒と女と博打であった。せっかく稼いだ金を一獲千金を狙って賭け事に使い、すべてを失ったものも少なくなかった。

キリスト教関係の日系人は賭博禁止の運動を始めた。

衛藤衛が調査員としてアメリカに赴いたのは、移民たちが退廃した空気の中で喘《あえ》いでいた頃であった。大学で神学部にいた衛はいつしかキリスト教の宗教活動によって移民たちを救いたいと願うようになっていた。衛には彼らの孤独と絶望が十分に理解できた。酒と女と博打に溺れていく彼らを救えるのは「神の愛しかない」と信じ、「この地で生きていこう」と決意する。やがて衛は大分県で小学校の教師をしていた妻あかねを呼び寄せて新しい生活を始めたのである。

そして、長男ジョーが誕生した。

一九三五（昭和十）年、カリフォルニア州ストックトンの教会――。

粗末なバラックのような教会で衛藤衛は十字架に祈りを捧げていた。夜の帳《とばり》は下りて、燭台《しょくだい》に立てられた蝋燭《ロウソク》の火はドアや窓の隙間から吹き込む風でゆらゆらと揺れていた。弱々しく室内を灯す白熱灯には二匹の蛾がたかっていた。

ボーン、ボーン……と柱時計が夜九時を知らせるが、十六歳の息子のジョーが学校から帰らないことに衛は苛立っていた。一方で妻のあかねは重苦しくなりそうな空気を晴らそうと讃美歌「いつくしみ深き」を口ずさんでいた。あかねの明るさは衛にとって救いにはなるのだが、それも時と場合による。ジョーが帰らないことが心配ではないのか、と怒りにも似た焦りで、彼女の歌声を遮った。

「ジョーのやつ、遅いな」

苦々しく話す衛だが、あかねはのほほんとしたままだ。

「どうしたのかしらねえ。こんな時間まで帰ってこないことはないのに」

「まったくこんな時間までなにをしているんだ、ジョーは。今夜はしっかり叱りつけてやる」

しかし、あかねは笑顔のまま「まあまあ」と衛をなだめる。「頭ごなしに叱ってもねえ。十六歳といえば難しい年頃ですから。それにね、あの子は家の畑仕事もよく手伝ってくれるし。新聞配達で自分の小遣いを稼いでいるの。大丈夫よ、わたしはあの子を信じています」

息子を信じたい母親の気持ちは衛にも理解できた。しかし、やさしさだけでは人を導くことはできない。とくに酒や博打にはまった人間はやさしさを解することなく、身を滅ぼしていく。

「あのね、僕がアメリカで牧師になった理由を知ってるよね？」

あかねは、今さらという表情で首を傾げる。

「もちろんですわ。お酒やギャンブルに溺れて身を持ち崩す日本人移民たちに神様の教えを説いて、その魂を救いたい。そんなあなたについていこうと思って、わたしははるばる日本から渡って来たんですから」

屈託のない笑みを浮かべるあかねに返す言葉が見つからなかった。衛はそんなあかねを心から愛していた。衛はテーブルにつき、あかねが淹《い》れてくれたコーヒーに手を伸ばす。ジョーのせいで少しばかり興奮して乾いた喉を潤そうとした。

突然玄関ドアがバタンと音を立てて乱暴に開けられた。暗い玄関から入ってきたのはジョーであった。

「ジョー、こんな時間までなにをしていたの？」とにこやかにジョーを迎えたあかねだったが、ジョーの姿を見て表情が強張《こわば》る。

「ジョー、その血、どうしたの？　怪我してるの？　大丈夫なの？」

矢継ぎ早に訊くあかねにジョーは、「怪我はしていない。返り血だよ」と何事もなかったようにさらりと答えて、自分の部屋に向かおうとする。

「返り血って……。待ちなさい。あなた、喧嘩したの？」

「ああ」

「誰と……？」

「かあさんの知らないやつらだよ」

「まさか、白人？」

黙ってコーヒーを啜《すす》っていた衛の目の色が変わった。「相手は何人だった？」

「三人」

渋い顔で口をへの字で結んだ衛に代わってあかねが訊く。

「三人って……こっちは？」

「二人。ヤンギ……ヤンギ北村が一緒に闘ってくれた」

「北村さんって、あの会津から来たおうちの子ね」

「北村」と聞き、衛の眉間の縦ジワが深くなる。衛は吐き捨てるように言った。「あの家のものたちは日曜礼拝に来たためしがない。まったく信仰心のない連中だ。付き合うんじゃやない！」

思わず口を尖《とが》らせたジョーに代わり、あかねが弁解する。「でも、日本人なら仏様を信心しているかもしれませんよ」

衛は顔をしかめる。「だったら、よけい危ないんだよ。仏教徒なんてね、アメリカでは野蛮な異教徒だと思われているのだから。そうだ、最近、日系人の排斥を叫ぶ白人たちがこの町にも来ているというが、ジョー、おまえ。まさかその人たちを……」

ジョーはなにくわぬ顔で答える。「そうかもしれない」

衛はかぶりを振りながら、ふうと溜め息をついた。あかねは驚きながら衛に訊いた。

「あなた、そんな白人たちがいるんですか？」

「そうなんだ。日本がロシアとの戦《いくさ》に勝ってからというもの、この国の中には日本という新興国家をことのほか警戒し、今のうちに戦争で叩き潰しておかなければならないと主張する勢力がある。彼らはわれわれ日系移民を憎み、排日移民法を成立しようとしている」

「排日移民法？」とあかねが訊く。

「日本からの移民は支那人より働くが、稼いだ金を使わずに貯金する。あるいはせっせと日本に送金する。金を使うのは博打に明け暮れる不良どもだけだ。だからアメリカ経済に日系移民はまったく貢献していない。そう考えるアメリカ人が主張している差別法だ」

あかねは首を傾げる。「それはどんな法律なの？」

「新たな日系移民の全面禁止。カリフォルニアだけでも九万人以上いる日系移民の土地の所有の禁止・没収。銀行からの借り受けの禁止」

「そんな！　わたしたちの土地を取り上げようというんですか？」

衛は大きく頷いた。「信じられないことだけど白人たちは本気なんだよ」

黙って衛の話を聞いていたジョーだが、「ふざけやがって！」と激高する。

衛はそんなジョーをずっと諫《いさ》めてきた。だが、ジョーは父の忠告に耳を貸すことはなく、白人の同級生たちとの諍《いさか》いは絶えなかった。

「ジョー、この大事なときに……白人とはなにがあっても争ってはいけないということのときに、おまえはとんでもないことをしでかしてくれた。暴力はいけないとあれほど言い聞かせてきたのに……まったくなんてことを」

ジョーはきつく唇を噛み締めた。「……でもね、とうさん、やらなきゃならないときもあるんだ」

「暴力はいけない。なにがあってもだ」

「『ジャップ！　ジャップ！』と罵倒されても、ただ我慢しろというの？」

「そうだ。我慢するんだ」

「『イエローモンキー』って言われたんだよ。『モンキー、チビの猿は日本へ帰れ』って。それでも我慢しなきゃいけないのかい」

「そのとおりだ！」

「顔に唾《つば》を吐かれたんだよ。『ファック・ユア・マザー』って言われた。ニヤニヤ笑いながら」

あかねが悲しい顔でジョーを見る。

「それでも黙ってろというのかい？」

衛は頑《かたく》なであった。「そうだ」

「どうして！」

「相手が白人だからだ」

「もしも相手が黒人や支那人だったら？」

衛の目が一瞬泳いだ。「それは……相手は誰であろうと暴力は絶対にいけない」

ジョーはふんと鼻を鳴らす。「やっぱり、とうさんは臆病なジャップだ」

「なんだと！」と思わずジョーに掴《つか》みかかる衛。

「とうさんは卑屈で、臆病で、事なかれ主義のジャップだ！」

あかねが二人の間に割って入る。「やめなさい！」

だが、ジョーの口はとまらない。「でも、俺は違う。俺はとうさんとは違う。俺はアメリカ人だ。アメリカで生まれ、カリフォルニアで育ち、小さいときから星条旗に忠誠を誓ってきたんだよ。あんな白豚どもに舐められてたまるか」

衛はふうと深い溜め息をついた。「暴力に暴力で対抗したら相手と同じレベルまで落ちてしまうと、いつも言ってるだろう。聖書の教えにあるように、右の頬を打たれたら左の頬を差し出すんだ」

ジョーは卑屈な笑みを浮かべた。「こっちが先に手を出した」

衛とあかねは驚いて目を見合わせる。

「バッグに入れてあった木刀で叩きのめしてやった。ヤンギと二人で」

衛は落胆して、ふたたび溜め息をつく。「先に手を出したら申し開きのしようがないじゃないか」

「先に名誉を傷つけたのはやつらなんだよ。俺たちは名誉を守ったんだよ！　ヤンギのおじいちゃんがいつも言ってる。あのおじいちゃんは日本の白虎隊という軍隊の生き残りで『おまえたちはアメリカ人であるのと同時に日本の侍の子孫だ。侍は名誉を守るためには命を惜しんではならない』っていつも言ってる。日本の剣術だって教えてくれる」

衛は頭を左右に振った。「ジョー、そんな人と付き合うんじゃない。そんな野蛮な日本人はアメリカに来るべきじゃない。日本にいればいいんだ。そんなやつと二度と会うな」

「いやだ！」

衛とジョーの間には親子でありながら埋めようもない溝があった。祖国は日本であり、アメリカでは余所者《よそ》だと考えてしまう一世の衛と、日本人としてのアイデンティティを誇りに思いながらもアメリカが祖国であると信じて育ったジョーたち二世とでは相容れない価値観であった。

握った衛の拳がぶるぶると震えていた。一方のジョーは父親に蔑《さげす》みの眼差しを投げかけていた。


「ねえ、あなたたち……煙が……」

あかねの声に衛とジョーが天井を見上げると、煙が薄っすらと漂っていた。次第にきなくさくなっていく。外でなにかが燃えている。煙が玄関のドアの隙間から流れ込んでいた。

「火事だ！」と衛は慌てて玄関へと向かう。すると突然、銃声が轟き、上半身を大きな白い覆面で覆った男がドアを蹴破って現れる。それは白人至上主義の秘密結社ＫＫＫ（クー・クラックス・クラン）の狂信者であった。白覆面の男は、カウボーイハットを被りハンカチーフで目の下から口もとを隠した男たちを引き連れていた。

「ジョー！　カモン」

白覆面の男が手下に命じてジョーを連行しようとする。抵抗するジョーだが男たちに殴られて転倒する。ジョーは床を這《は》って自分のバッグを手にすると、そこから木刀を取り出し、男の胸先に突きつける。

木刀を振り上げ袈裟懸《けさが》けに斬りつけるが、男はすんでのところでかわす。ジョーはもう一人の男に向かって椅子を蹴り飛ばした。ひるんだ男の顔にジョーは木刀を払う。

男が顔を手で覆い短い悲鳴を上げたのと、白覆面の男が銃の引鉄《ひきがね》を引いたのはほぼ同時であった。銃声と共にジョーの腕から血飛沫《しぶき》が上がった。

床に倒れたジョーに白覆面の男は銃口を向けた。「射殺する！」

床で苦しそうに喘ぐジョーの体にあかねが覆い被さる。「やめて。やめてください。お願いします。この子を撃つなら、どうか母親のわたしを撃ってください」

「どけ！」

「それにここは教会です。ここは牧師の家です。あなた方もキリスト教徒でしょ。神様の前で人殺しはできないはずです」

「教会だ？」

木刀で顔を殴られた男が傷を押さえながら言った。「あれを見ろよ。クロスだ」

壁には大きな十字架が架けられ、そのかたわらでは衛が懸命に祈りを捧げていた。

「天にましますわれらの神よ、お救いください。われらの罪をお許しください。汝殺《なんじ》すなかれ。汝殺すなかれ。天なる父よ、御国を来たらせたまえ……」

「こいつは驚いた。ジャップにもクリスチャンがいたのか」

「だがよ、火をつけちまったぜ。しょうがねえ。クロスだけ持ち出そう」

覆面の男は忌々《いまいま》しげに衛とあかねを睨みつけた。

「今夜は命だけはとらないでおこう」

しかし、彼らの暴挙はとまらない。手下の一人があかねの髪を鷲掴みにした。「その代わり、この女はもらった」

覆面の男は高笑いを上げた。「そういうことだ！」

「やめろ」と苦しそうな息をつきながら、あかねを連れ出そうとする男たちの足にしがみつくジョーだが、易々《やすやす》と足蹴にされてしまう。

「どこに行くんですか！」と恐怖でかすれた声を上げながら抵抗するあかねだが、屈強な男たちの腕を振り払うことはできなかった。家の外で「やめて！」というあかねの叫び声が響く。やがて馬車が走り去る音が響き、あたりは静まり返った。

家の中は火が広がりつつあった。ジョーは渾身《こんしん》の力で立ち上がった。

「とうさん、早く行こう。かあさんを助けなきゃ。早く」

衛には突然襲われた忌まわしい出来事に狼狽《ろうばい》するばかりであった。

「助けにいくって？　警察か？」

「警官は俺たち日系移民を目の敵にしているじゃないか。助けてくれるわけがない。そうだ、銃だ。銃がいるからヤンギに相談してみよう」

「おまえはまだそんなことを言っているのか。おまえの命が助かったのは神様のお陰なんだぞ」

ジョーは父の妄信的な〝神頼み〟に呆れるばかりであった。「じゃあ、かあさんは？　かあさんはどうなるんだよ！　かあさんがどうなってもいいのか？　神様が助けてくれるのか」

「祈るんだ。神様におすがりするしかない」

床に跪《ひざまず》き、手を合わせる衛。ジョーの頭の中で「臆病なジャップ」という言葉が木霊のように反響する。ジョーは吐き捨てるように言った。

「それなら俺一人で行く」

衛は声を震わせながらジョーを責め立てる。「だったら勝手に行くがいい。けどな、ジョー、かあさんが連れ去られたのも、この家が焼かれたのも、もとはいえば、みんなおまえの無分別のせいだからな。おまえが暴力をふるったせいだ。おまえのせいだ、おまえのせいだ……」

呪いの言葉を吐くように何度も「おまえのせいだ」と繰り返し、そして天を仰ぐ衛。その目には涙が滲んでいた。それは悔しさのためなのか、自分の不甲斐なさのためか、我が子を憎んでのことか……ジョーにはわからなかった。衛は合掌すると目を瞑《つむ》り、一心に唱え始めた。「天にましますわれらの父よ、願わくは御名に……」

ジョーは傷む左腕を右手でギュッと抑えながら、連れ去られた母を追った。

ブランケット・ボーイ

一九四一（昭和十六）年十二月、サンフランシスコの日本人街郊外――。

肩で風を切るように颯爽と歩く青年がいた。十六歳でストックトンの家を飛び出た衛藤ジョー。あれから六年が経っていた。家出した当時は手荷物一つを抱えてアメリカ各地の農地で季節労働者（ブランケット・ボーイ）として働いていたジョーだが、未成年のジョーの稼ぎは少なく、その日の食い扶持もままならない毎日であった。そんなジョーが目をつけたのが博打であった。大望を抱いて太平洋を渡ってきた日系移民の一世たちは、予想外の重労働と低賃金の不満の捌《は》け口として売春宿や賭博場に出入りしていた。彼らはそこでなけなしの金を使い果たす。ジョーの父・衛《まもる》は堕《お》ちていく一世たちをキリスト教の教義によって救おうとした。しかし、彼らを蔑《さげす》んでいたジョーは父のように救済の手を差し伸べる気はまったくなかった。むしろ、飯の種にしてやろうと考えたのだ。

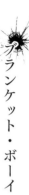

ジョーは季節労働の合間にシアトルやサンフランシスコの日本人街を訪れて、あちこちの賭博場に出入りするようになった。彼がそこで覚えたことは博打の必勝法。イカサマのやり方を目ざとく習得していったのである。

ジョーはイカサマの相棒、エディ上原と日本人街からサンフランシスコ湾に注ぐ川の岸で野営の準備に取りかかった。

サンフランシスコは十九世紀にゴールドラッシュで沸いた町である。一獲千金を狙うアウトローたちに加え、一八五〇年代に移民たちが殺到した。もともと人口は千人だったが、一九〇〇年には三十万人を突破し、一九三〇年代には六十万人を超えた。その数に比例して犯罪や売春、ギャンブルが横行し、魑魅魍魎《ちみもうりょう》の巣窟となる地区が増えていった。グラント・アベニューを中心に拓かれたチャイナタウンも危険なエリアとして知られていた。赤煉瓦《レンガ》敷きの通りでは行き交う人の靴音が夜中になると響いたものだが、その靴音が突然消えることがあった。靴音の主は博打で大儲けをした人で、彼らは中国人賭博組織に雇われた殺し屋に始末される。死体はマンホールに投げ込まれ、数日後にサンフランシスコ湾に流れ着き、鮫の餌食となった。夜中に消える靴音の数はおよそ四十九歩。住民たちは「恐怖の四十九ステップ」と呼んだ。それ以上の数の靴音を立てる人は博打で大損しているのだが、命を奪われないだけラッキーといえた。

日本人街はチャイナタウンよりはいくらかましとはいえ、物騒なことには変わりはない。こんな場所で野営を決め込むジョーとエディはティーンエージャーの頃から博打打ちとしてしたたかに生きてきたとはいえ、相当な度胸の持ち主であった。

孤児として育ったエディ上原は正確な誕生日を知らないが、書類上は一九一七（大正六）年十月一日、ハワイで生まれたことになっている。ジョーより二歳上だが、竹馬の友のように気心が合った。孤児であったエディは生きるために人に取り入る術《すべ》に長けていた。半面、いつも満たされない孤独感に苛《さいな》まれるときがあった。それは家族愛への飢餓感ともいえる。父親と喧嘩別れをして家を出たジョーとはどこか気持ちが通じるところがあった。

ジョーが水筒を手にエディに言った。「エディ、おまえはここで火を起こしてくれ。あとでバディのトビーと落ち合うことになってるんだ。暗くても焚き火があればわかるだろう。俺は川で水を汲んでくるから」

エディは屈託のない笑顔で答えた。「オッケー。このあたりは枯れ枝が多いから助かるぜ」
エディは枯れ枝を拾いながら鼻歌を歌い始める。

♪白いほこりの　はるかな道を
お葬式馬車が　ようやくやって来る
おいらのおふくろは　葬式馬車に
ゆられて遠くの　お墓に向かう
小さなおいらは……

枯れ枝を集めたエディは、そのかたわらに置いた鞄にベルベットの布を被せると、その上に三個のワインキャップを並べた。キャップの中の一つにスポンジのボールを投げ込むと、三個のキャップを目まぐるしくシャッフルする。どのキャップの中にボールが入っているかを当てさせる簡単な博打ゲームである。
エディの眉間に力が入り、目も爛々と輝く。

「レディースアンドジェントルメン。さあさ、はった、はった！　目を皿のようにして見ているんだよ」

♪おいらの彼女はグッドルッキン
やさしいおめめに
ちっちゃな唇
ちっちゃなオッパイ
それでもおいらにゃ最高さ
夏は涼しく抱きやすく
冬にゃ湯たんぽいらないぜ
その点あんたのヨメさんは
今夜も誰かとお楽しみ……

このゲームは面白い歌を歌ったり、与太話で相手の注意を逸《そ》らしてカモるのがミソである。だが、なかなかうまくはいかない。歌や話に気を取られるとボールがキャップから飛び出してしまう。

　水を汲んできたジョーがニヤニヤしながらエディの手の動きを眺め始めた。

「おいおい、エディ、また練習か」

「ああ、なかなかジョーのようにはいかないけどな」

「エディ、俺はあんたより年下だけど、ゲームに関してはキャリアが違うよ」

「ジョーはブランケット・ボーイを何年やってるんだっけ？」

「もう五年以上だ」

「それなら大ベテランだ」

　ふふんとジョーは自慢げに鼻で笑う。

「排日移民法で日系人は自分の土地を没収されちまったから、今ではブランケット・ボーイが増えたけど、五年前はまだまだ少なかった。でもな、俺みたいな日系人のティーンエージャーじゃ給料が安くてさ。博打で負けていたら食っていけないんだ。だから必死に練習して腕を上げたわけさ」

　年下ながらジョーの博打の才能はどこの誰にもひけを取らない。どころかピカイチだ。その腕前にエディは惚れ込んでいた。

「ねえ、ちょっとやってみてよ」

「仕方ねえな。よーく見てろよ」

エディの目の前でキャップの一つにスポンジのボールを放り込んで三個のキャップをシャッフルし始めるジョー。最初はゆっくりと、そして素早く、リズミカルに手を動かす。その手の動きをエディは目を皿のようにして追う。やがてジョーの手の動きはとまった。

「どれだ?」

「ここだ」

エディが指さしたキャップをジョーは開けるが、そこにはなにもない。

「はずれだな」

エディは納得がいかないのか顎を捻る。だが、ジョーに目を向けると頭を掻きながら「おまえはプロ顔負けだよ」と褒めたたえた。

「いいか、よく見てろよ」とジョーはふたたびキャップに手を伸ばそうとして、その手をとめた。夕闇の中で何者かが近づいてくる気配があった。

大柄な男がヌッと現れた。いきなり大声を上げる。「そいつはイカサマだ!」

「誰だ、あんた?」とエディが訊く。

男は黒づくめの服装で鳥打帽を目深に被り、腰に拳銃をぶら下げていた。

「俺か……俺は森。〝鉄砲の森〟ってもんだ。聞いたことくらいあるだろう」

ジョーとエディは森と名乗る男を品定めするように、まじまじと眺めた。厚ぼったい一重瞼《まぶた》の奥で細い目がぎらついていた。彼が近づくと獣のような臭いが鼻をつくような気がしたが、獣といっても狼や熊ではない、狡猾《こうかつ》な狐のような臭いであった。森は薄気味の悪い笑みを唇に浮かべていた。

負けん気の強いエディは〝鉄砲の森〟と聞いて、ハハンと頷いた。

「ああ、あんたが〝鉄砲の森〟さんかい。俺たちをつけてきたのか。なんの用だよ?」

「さっきサンフランシスコに着いた汽車の中で、おまえたちがやっていた博打、あれはイカサマじゃねえか」

森はジョーの目の前にあったキャップ・ゲームの台に一瞥をくれると、それを蹴散らした。相手を委縮させるための奇襲攻撃のつもりだ。「日本人でありながら素人さんから金を巻き上げて恥ずかしくねえのか。日本人として恥を知れ」

森はニッと片頬を上げながら、拳銃の銃口をエディに向ける。しかし、森の狙いに反してエディに怯《ひる》んだ様子はない。「恥を知らなくちゃいけないのはあんたのほうじゃないのか、森さんよ。あんたこそ、自分一人じゃ賭場荒らしもできないくせに。人が命懸けで稼いだ金を、その鉄砲を使って巻き上げるハイエナ野郎だということはみんな知ってるぜ」

森はふんと鼻で笑う。「わかっているんなら話は早い。今日の稼ぎ、全部出しな」

森は銃口をエディからジョーに向ける。「金を持っているのは、そっちの小僧か」

ジョーもたじろぐことなく森をじっと見据えた。「おいおい、森さんよ。今、日本人なら恥を知れと言ったばかりじゃないかよ。あんた、ただの強盗かよ。俺もあんたの名前を聞いたことがある。日本からの移民崩れで、同じ日本からの移民ばかりを狙うクズだってな。人が賭場荒らしした金を脅して巻き上げる汚ねえ野郎だってなあ」

森の顔が紅潮する。「なんだと、小僧!」

ジョーとエディは懐からジャックナイフを取り出し、森へ切っ先を向けて威嚇《いかく》する。森の引鉄《ひきがね》にかかる指にも力が入る。

ジョーが森を挑発した。「やれるもんならやってみな。そっちの鉄砲で俺たちのどっちかを倒したとしても、その瞬間、もう一人のナイフがおまえさんの心臓を突き抜ける」

森の額には汗が滲んでいた。「本当にぶっ放すぞ」

「ああ、こっちもマジでやるぜ」

ジョーとエディに左右から挟まれた森は銃口の照準を定めることができなかった。腕は右へ左へ行ったり来たりするばかりだ。

「それとな、森さんよ、俺たちは日本人じゃねえ。この土地で生まれ育ったアメリカ人だ。日本人として恥を知れだと。俺はな、都合のいいときだけ日本人面して、そのくせ日系人を食いものにして生きていやがるおまえみたいなゴミがいちばん嫌いなんだよ」

ジョーの目の中で怒りの炎が燃えたぎっていた。獲物を狙う狼のように身を屈める。拳銃を持つ森の手がブルブルと震えだした。森は賭場荒らしができる男ではない。拳銃で人を脅して金を巻き上げるくらいのことしかできない。正面切っての命のやりとりをするほどの度胸はない。

「撃てよ！　一瞬でけりがつくぜ。さあ。撃て！」とジョーはけしかける。

狡猾な森は形勢不利とみたのだろう。少しずつ後退りを始める。

「クソ、今日のところはこれまでだ。覚えてろよ」

捨て台詞を吐いて、夕闇の中に消えていった。

ジョーとエディは同時に、ふうと息をついた。エディは「驚いたなあ。でも、うまくいったな」と笑顔を浮かべているが、ジョーはエディのようには笑えなかった。吐き捨てるように言った。「しつこいぜ、ああいうやつは……」

「たいした野郎じゃねえよ」

「いや。今度見かけたら先に殺《や》る」

ジョーは忌々《いまいま》しげに手にしたナイフを闇を裂くようにして薙《な》いだ。


温暖なサンフランシスコでは十二月でも虫が儚《はかな》い声で鳴く。コートの襟を立てながらジョーは何気なく呟いた。「虫の声がきれいだな」

エディは意外そうにジョーを見る。「やっぱりジョーも日本人だな」

「え、なんで？」

「虫の声を美しいと感じるのは世界中で日本人だけなんだぜ。日本人街に住む一世のばあさんが言ってた」

「アメリカ人は？」

エディはにんまりとする。「うるさいと思うらしいぞ」

「じゃあ、俺もやっぱり日本人の血が流れているということか」

「たぶんな」

さらに虫の音に聞き入っていたジョーだったが、その虫の音が突然小さくなった。不穏な気配を感じて「しっ」とジョーはエディに人差し指を口の前にあてて見せた。

闇の中からジョーを呼ぶ声がした。「ジョーか？」

聞き覚えのある声であった。

「トビーか？　よくここがわかったな」

暗闇の中から男と女が現れた。焚き火が二人の顔をゆらゆらと揺らす。

緊張していた顔の筋肉を緩《ゆる》めたジョーは男とがっちり握手を交わした。

エディに彼を紹介する。「彼はトビー篠塚だ。俺の昔馴染みだよ」

エディとトビーも握手を交わす。

六年前にカリフォルニア州ストックトンを出たジョーは〝ブランケット・ボーイ〟

として農園地帯を渡り歩いたが、トビーとは日本人移民が開拓したサクラメントのウォールナッツグローブで出会った。

トビーの後ろには若い女が大きなボストンバッグと並んで立っていた。トビーがジョーとエディに紹介する。「彼女はエミリだ」

女はにこりと微笑んだ。黒目が大きく、口角が上がった口が印象的で、美人というよりは愛嬌のある顔立ちが人を惹きつけるタイプだ。

「アタシ、エミリね。これから、よろしくオネカイイタシます」

ジョーとエディは顔を見合わせた。

エディが「支那人か？」と訊くが、エミリは大きくかぶりを振る。

「アタシ、支那人じゃないよ。アメリカ人よ。トビーさんのオヨメサンになるヒト。よろしくオネカイします」

エディが「嫁さん⁉」と素っ頓狂な声を上げる。

エミリは大きく頷いてから「アタシ、ウイスキー持ってきたよ」とボストンバッグからウイスキーのボトルを取り出してエディに渡した。

「やった！」とエディはボトルを掲げる。

ジョーも二人を祝福する。「結婚か……やるなぁ、トビー。どこで知り合ったんだ？」

トビーは照れくさそうに頭を掻いた。だが顔色が微妙に翳《かげ》る。そして一つ溜め息をついた。「僕が働いていたテキサスの農場で彼女はメイドをやっていたんだ。ところがその農場主がひどいやつでな。使用人をまるで奴隷のように扱うんだ。ちょっとしたミスでも鞭で叩くんだ。今時どうしてそんなことが通用するのかと思って仲間に聞いてみた」

ジョーとエディは黙ったままトビーの話に耳を傾ける。

「驚いたことに、その農場のメイドや召使いはみんな農場主が父親なんだ。つまり使用人に生ませた子供を学校にも行かせず、そのままただ働きさせてやがるんだ」

エミリが頷く。「アタシのオカアサン、チャイニーズ。でも、三年前に病気で死んだよ。アタシのオトウサンはダンナサマらしいけど、聞いたことはありません。でも、屋敷には黒人と白人の混血の子もいたので聞いてみたら、やっぱりオトウサンはダンナサマだと言ってたよ。だから、たぶんアタシもそうなんじゃないかと思う」

トビーの表情がますます険しくなる。「ところが、エミリたちは農園の外の世界のことをまったく知らないんだ。それが当たり前だって洗脳されちまっている。そこで僕がこの子に『アメリカは自由の国だ。自由と平等の国だ』ということを教えてあげたのさ。人は生まれながらにして、みんな平等で、自由に生きる権利、幸福になる権利があるってね」

エミリは星空を見上げながら諳《そら》んじる。

貧しく疲れた人々よ
自由に憧れる人々よ
嵐に翻弄され　寄る辺なき人々よ
わたしのもとに来るがいい
黄金の扉のかたわらで
わたしは灯りを掲げ待っている

「ほぉ」とジョーは声をもらした。「自由の女神か」

エディはきょとんとして首を傾げた。「なんだ？　自由の女神がそんなことを言ったのか」

トビーがいやいやとかぶり振りながら答えた。「違うよ。自由の女神がそう言ったのではなくて、女神像の台座にそう書いてあるんだよ」

「そうなのか……」とエディは恥ずかしそうに顔を赤くする。そして「もう一回言ってみてよ」とエミリに頼んだ。

エミリは星空を見上げながら朗々と唱える。

「貧しく疲れた人々よ」

次いでジョーたちも声を上げる。「貧しく疲れた人々よ」

そしてエミリが唱えた言葉を復唱する。

自由に憧れる人々よ
嵐に翻弄され　寄る辺なき人々よ
わたしのもとに来るがいい
黄金の扉のかたわらで
わたしは灯りを掲げ待っている

無数の星々を四人は眺めていた。そこには手が届きそうな希望の欠片がありそうな気がして、彼らは小さな幸福感に浸った。

エディが星空に向かって大声で吠えた。「婚約おめでとう!」

トビーは恥ずかしそうに口もとを緩め、エミリは元気いっぱいに「アリカトございます!」と声を上げる。

ジョーが訊いた。「ところで二人はどこで暮らすつもりだい?」

トビーは悩ましげに首を捻る。「僕は日系だから今は排日移民法で土地を持つこともできないし、まともな仕事に就くこともできやしない。でも、エミリは国籍がどうなっているかわからないが、とにかく日本からの移民でないことは確かだから、どこかに落ち着いて二人でクリーニング屋でも始めようと思っているんだ」

「アタシ、洗濯とアイロン、上手アルのよ」と得意気に腕を振り上げるエミリ。トビーはそんなエミリを見つめながら微笑み、「それに料理もな」とエミリの頭を撫でた。仲睦まじい二人をやっかんだエディは「ちくしょうぉ。羨ましいや」と地面を蹴った。

ジョーが満面の笑顔で告げた。「じゃあ、トビーとエミリの門出を祝して乾杯しようぜ」

ジョーはカップにウイスキーを注ぎ始める。四人がカップを手に「カンパイ！」と声を上げたときである。闇の中で銃声が轟いた。ジョーたちは思わず身を屈める。すると闇の中から拳銃を手にした男たちが現れた。

「警察だ。手を上げて、後ろ向きに一列に並んで立て！」

何事かと戸惑うジョーたちに保安官バッジを胸に付けた男が「ほら、ぐずぐずするな」と怒鳴り散らす。三人の保安官たちに拳銃を向けられてジョーたちになす術はなく、渋々従う。保安官はジョーたちの持ち物、衣服を調べ始めた。

「さっき、このあたりでジャップがキャンプしているという通報があった」

エディは舌打ちをして「森の野郎だな」と吐き捨てるように言った。

保安官の一人が有無を言わさぬ態度で訊く。「おまえらジャップだな」

ジョーは憤然として答える。「ここにはジャップなんかいねえよ。俺たちは市民権のある日系二世のアメリカ人だ」

常日頃から日系人を見下しているであろう、その保安官の下唇が不満げに膨らんだ。

「生意気を言うな。一世も二世もない。おまえたち十二万人のジャップは全員収容所送りになる。一人残らずだ」

ジョーは驚いた。「収容所？　そんな馬鹿な」

エディが「どうしてそうなるんだ？」と保安官に詰め寄るが、拳銃を向けられる。

「動くな！　手を上げろ！　どうしてだと？　おまえら卑怯なニッポンがパールハーバーを騙《だま》し討ちしたからに決まっているだろうが」

エディが首を捻りながら訊く。「パールハーバー？　なんだよ、それ」

「おまえたち新聞の字も読めんジャップは知らんだろうが、先週、ハワイのパールハーバーがニッポン軍の奇襲を受けて、おびただしい被害が出たのだ。よってニッポン人を先祖にもつ、すべての住人に対する布告が出された」

保安官は令状をジョーたちの前に掲げた。

「大統領令九〇六六号。日本人を先祖にもつ、すべての住人は指定された地域より立ち退くこと。つまり、おまえたち十二万人のジャップは全員収容所送りになる」

トビーがかぶりを振りながら抗議する。「待て。僕たち二世は子供の頃から学校で星条旗に忠誠を誓ってきたんだ。憲法にも人種・性別に係わらず生命・財産・自由を奪ってはならないと書いてある」

ふんと保安官は鼻を鳴らす。「おまえは学のあるジャップってわけか。だが、娑婆《シャバ》じゃあ、ジャップは皆殺しにして太平洋に沈めろって言っているやつも大勢いるんだよ。収容所に入れるだけでもありがたく思え。そのほうが安全だからな」

「しかし……」とトビーは抗《あらが》おうとするが、保安官はそれを遮って「逆らったら公務執行妨害で射殺する」と銃口を向ける。保安官はニタリと頬を緩めたが、その笑みは凶悪なものでしかなかった。

ジョーは観念したかのように両手のひらを夜空に向けながら言った。「しょうがねえ、行こうぜ」

しかしエミリを指さして言った。「だがな、この女はニッポン人じゃないぜ。連行はできないな」

エミリを収容所送りから守ろうとしたのだ。だが、そのエミリが思いっきりかぶりを振る。「アタシ、ニッポン人です。アタシも一緒に行くよ。アタシ、トビーさんのコンヤクシャ」

慌てたのはトビーである。「だめだ、エミリ。一緒に行ったらどんな目に遭うか……」

エミリはトビーではなく保安官に訴えた。「アタシも同じニッポン人よ。オンナだからって差別よくない！」

冷ややかな目でエミリを見ていた保安官はどうでもいいというように顎を揺らしながら、「おまえも一緒だ」と告げた。エミリを含めた四人に手錠がかけられた。

ツールレイク収容所

十六歳で家出した衛藤ジョーは博打の才で糊口《ここう》をしのいできた。大陸横断鉄道の車内で乗客を相手にキャップ・ゲームで荒稼ぎをした。エディ上原と出会ったモンタナ州で大金をせしめて以降、〝モンタナジョー〟という通り名で呼ばれるようになった。博打は自分の手で自由自在に操《あやつ》れたジョーだが、戦争は自分の意思では操れない。日系移民は受難の時を迎えていた。

一九四一（昭和十六）年十二月七日（日本時間八日未明）、日本軍がハワイ真珠湾（パールハーバー）を奇襲攻撃。これによってモンロー主義というアメリカの外交不干渉政策は大転換を遂げる。「リメンバー・パールハーバー」をスローガンに民意も打倒ニッポンに雪崩《なだ》れ込んでいく。その矢面に立たされたのが在米日系移民たちであった。

アメリカ政府はすぐに日系人の資産を凍結した。

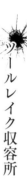

フランクリン・ルーズベルト大統領による行政命令九〇六六号「外国人立ち退き法案」が発令され、アメリカ市民権の有無を問わず、祖先を日本にもつ十二万人もの日系人が強制収容されることになった。その中にはアメリカで生まれ、アメリカで教育されたジョーたち二世も含まれていた。

アメリカ政府はカリフォルニア州、ワシントン州、オレゴン州、アリゾナ州南部、準州のハワイ州に住む日系人を全米十カ所の強制収容所送りとする決定を下したが、実際に大勢の日系人を収容できる建物はなかったのである。政府は砂漠や寒冷地に十六カ所の「集結センター」を設けたが、その建物は古い学校や馬小屋をそのまま利用した粗末なもので、中には地面に藁《わら》を敷いただけという掘っ立て小屋もあった。

収容される日系人たちが持ち込める荷物は一人三十キログラムという制限があったため、苦労して手に入れた土地や家屋を売り払うか、うち捨てるしかなかった。日系移民たちは粗末な建物に押し込まれて絶望の淵に立たされたのである。

カリフォルニア州北部、最果ての地にあるツールレイク収容所は日系人に行った忠誠心調査で問題視されたものたちが集められた収容所である。別名「隔離収容所」とも呼ばれていた。劣悪な食糧事情が原因で、開所してわずか五カ月で暴動も起こっている。また忠誠登録の強要に反感をもつものも大勢いた。

日系人収容を任務とした政府機関、戦時転住局は収容所の運営に日系人の自治も認めたが、その中枢を担うコミュニティ評議会の責任者に抜擢されたのは戦時転住局の方針に従うイエスマンだけであった。

その日、粗末なバラック小屋の集会所には三十人ほどが集まり、二派に分かれての議論が紛糾していた。

コミュニティ評議会の責任者であるトム田淵が声を張り上げて説明する。「聞いてください！　いいですか、忠誠登録というのはわれわれ日系人も真のアメリカ人であることを示す、いいチャンスなんです」

だが、忠誠登録に懐疑的な人はその言葉を鵜のみにはできない。「なんのための忠誠なんだ！」とトムに怒号を浴びせる。

「冷静に聞いてください。忠誠が確認されたものは兵役に就く場合もありますが、年齢や性別、家庭環境の理由で兵役に就けない場合でも仕事や学業などでアメリカの一般社会に復帰できるんです」

「本当かよ」「誰がそれを保証するんだよ」「こんなところに押し込めておいて信用できるわけがない」と懐疑派は矢継ぎ早にトムに不満をぶつける。

トムは飛び交うやじには素知らぬ顔で話を続けた。「ですから、この質問にはみなさん、全員が答えてください。読みますよ。質問二十七番。二世の方への質問です。合衆国の部隊に入隊し、いかなる場所でも命じられた戦闘地において、任務を遂行する意思がありますか?」

そんなことは当たり前だと大きく相槌を打つ初老の男がいたが、トムは「一世の方は関係ありません」と切って捨てるように言う。そして女性グループに目を向けると、「女性にも同じ質問があります。アメリカ軍の看護部隊及び婦人陸軍部隊で働く意思がありますか?」と告げた。

「志願します!」と若い女性が声を上げる。同時に「アメリカ軍の看護婦なんて、わたしにできるのかしら」と首を傾げる女性もいた。

しかし、一世の女性たちはそうはいかない。

「馬鹿なこと考えるもんじゃやね」

「ニッポンの女が今、軍隊さ入ったら、兵隊たちの慰みものになるに決まってるべ」

トムはざわつく室内を見回しながら次の質問をした。

「二十八番。これも重要ですよ。あなたは合衆国に無条件で忠誠を誓い、外国あるいは国内の武力によるいかなる攻撃からも合衆国を守りますか？　また日本国天皇への忠誠、服従を否認しますか？」

一世の山本が堪忍袋の緒《お》が切れたように声を荒げた。「馬鹿げたことを。二十年以上も必死になって働いて、やっと手に入れたわずかな土地を取り上げたうえに、トランクたった二個だけでこんなとこさ押し込めておいて。そんなアメリカになして忠誠を誓える！」

やはり一世の原田も首を縦に振って訴える。「んだ。オラたちは天皇陛下の赤子《せきし》として遠いアメリカに出稼ぎさ来てるだけだに。アメリカに忠誠は誓えるけんど、天皇様だけは裏切れねえ」

ところが二世の中には、その意見に真っ向から否定するものもいた。血気盛んな清宮がきっぱりと言い放つ。「一世の人はそうかもしれませんけどね、僕ら若者は小学校に入ったとき、星条旗に忠誠を誓ってきたんです。だから、僕は正直言って、この戦争はアメリカに勝ってもらいたい」

原田の怒りが爆発する。「おめえ、なに言うだ！　それでも日本人か！」

「僕はアメリカ人です」

山本がたまらずに訊いた。「おめえがアメリ人ならなしてこんな収容所さ、いんだ？」

「それは……」と清宮は言葉を失いかけたが、意を決したように告げた。「だから……だから志願するんです！」

「アメリカの軍隊にか？」

頷く清宮。

「おめえ、日本人を殺せるのか？」

「それは……」

ふたたび口ごもる清宮は「どうなんだ！」と山本に詰め寄られ、口をへの字に曲げた。やがて開き直るように言い放った。「それは仕方のないことですよ」

原田が顔色を変えて訊く。「日本人を殺せるのか？」

「はい」

「このぉ！」と声を上げて原田が清宮に殴りかかろうとする。二世たちが原田と清宮の間に入り騒然とする。

騒がしくなった室内でトムが声を張り上げる。「ほかに志願する者は？」

二世の恵子が手を挙げた。「わたしも志願します」

一世のトメが慌てて恵子の手を押さえる。「あんた、やめなさい」

だが、恵子は「おばちゃん、大丈夫よ」とトメの手をどけて、邪気のない顔で「学校には白人でもいい子はたくさんいたよ」と言った。トメは「あんた、今は時代が変わってしまったのよ」と顔をしかめる。

「それにね」と恵子は同じ二世のトーマスに目を向けた。

恵子に目で促されたトーマスが渋々口を開いた。「東條大将……日本の東條英機首相が、日系人はアメリカのために戦えって」

恵子はそうそうと頷くが、トメは「あんた！　なに言ってるの」とトーマスを睨みつけた。

「開戦の半年ほど前のことです。僕のいたコンプトンにある日本語学校で、朝礼のときに校長先生が手紙を読んでくれました。日本の東條大将からの手紙です」

トメは驚きながら「東條さん、なんだって？」と訊く。

「いかなる国においても、軍人は祖国に忠誠を尽くすべきであり、日系人はアメリカで生まれたのだから、軍人になってアメリカに忠誠尽くすのは当然のことである、と」

トーマスの説明を原田は口をぽかんと開きながら聞き、「信じられねえ。嘘に決まってる」と呟く。トメも「そうよ、騙《だま》されちゃダメ」と周囲の人に目を向けた。

だが、同じ一世の山本は違った。涙を目に浮かべながら、うんうんと相槌を打つ。

「いや……案外本当かもしんねえ。それが日本の武士道だべさ」

トムはその場ではひときわ逞《たくま》しい体躯の男に目を向けた。

「ヤンギ北村君、君はどうだ？」

ヤンギはふんと鼻を鳴らして即答した。「俺はご免だ」

ヤンギ北村は福島県出身の移民一世を両親にもち、幼い頃に日本に帰り教育を受けて、ふたたびアメリカへ渡った「帰米二世」であった。

戦前、日本には黒龍会という政治結社があった。日清戦争後の三国干渉に憤慨した政治運動家の内田良平が一九〇一（明治三十四）年に東京で結成。国防の充実と西欧列強に対抗する大アジア主義を掲げた右翼団体であったが、その活動は国内にとどまることなく、さまざまな地域と国でも行っていた。

ロサンゼルスのリトルトーキョーで黒龍会が経営していた賭場が「東京クラブ」である。ヤンギは子供の頃から東京クラブに出入りして、一世の大人たちから「ヤング・ボーイ」の愛称で呼ばれて可愛がられてきた。やがて、いつの間にか「ヤングが訛《なま》って「ヤンギ」と呼ばれるようになった。腕と度胸では同年代の中では右に出るものはいない。

「俺もまだ若造の二世だ。確かにガキの頃から星条旗に忠誠を誓ってきた。ガキゆえになおさら純粋にな。けど、白人どもは一度でも俺たちをまともなアメリカ人として扱ったことがあるか！　学校の帰りは『ジャップ、ジャップ』と蔑《さげす》まれ、石を投げつけられた。レストランで『ジャップと犬に食わす餌はねえ。出ていけ、イエロージャップ！』と怒鳴られた。叩き出されたことだってある。星条旗への忠誠？　もちろん覚えてるぜ。――わたしはアメリカ合衆国の国旗、並びにその国旗が表すところの共和国、すべての民のために自由と正義を備え、神の下に唯一分割すべからざる一国家であるこの共和国に忠誠を誓います」

ヤンギは訳知り顔で日系人の立場を諭すトム、それに同調するものを睨みつける。そして吠えるように訴えた。「どこが平等だ？　なにが自由だ？　正義なんてどこにある？」

一世の老人が手を叩きながら「よう言った！」とヤンギを讃える。

トムは慌てた。「待て待て、ヤンギ、だったら君はどうする気だ？」

ヤンギの目が荒々しく光る。「抵抗するんだよ。サボタージュ、ストライキ、暴動……なんだっていい」

トムは顔を引き攣《つ》らせた。みるみる血の気が失せていく。「冗談じゃない。やめてくださいよ。そんなことをしたら、われわれはいったいどうなると思っているんですか」

軍隊への志願を表明した清宮が声を上げる。「できっこない！」

だが、ヤンギは「イッツ・ノット・ジョーク！（冗談じゃねえ！）　俺は本当にやるぞ！」と凄む。

トムは溜め息をつき、呆れながらヤンギを責め立てた。「まったく……だったら、日本に帰れ！」

「帰れ」と言われたヤンギはますます激高した。「どうやって帰るんだよ。どうすれば、ここから出られるんだよ！」とトムに掴《つか》みかかる。

ヤンギの力は尋常ではない。トムはその腕を渾身の力で払った。「だから、軍隊に志願すれば出られますよ。簡単なことじゃないですか」

「ふざけるな！」と怒鳴るヤンギのまわりに一世たちが集まり始める。

ヤンギの怒りが伝わったかのように、山本がその場で直立不動の姿勢をとる。大きく口を開くと「君が代」を歌い始めた。

♪君が代は
　千代に八千代に
　細石《さざれいし》の
　巌《いわお》となりて
　苔の生《む》すまで

一世たちが山本の歌声に唱和する。集会所が「君が代」で包まれる。

トムは真っ青になり「やめろ！　やめてください」と悲鳴のような声を上げる。

「今このキャンプを警備している兵隊たちは、みんな太平洋の島で日本軍と戦ってきた兵隊たちなんです。だから、『君が代』を聞くと、すぐに日本軍のクレージーな攻撃を思い出してパニックになります。撃ち殺されますよ！」

土下座をして山本たちに「やめてください。お願いします」と頼み込むトムだが、山本たちの歌声はさらに大きくなっていくばかりであった。

恵子が思い立ったようにアメリカ国歌「星条旗」を歌い始める。

♪Oh, say can you see,
by the dawn's early light,
What so proudly we hailed
at the twilight's last gleaming, ……

土下座していたトムも立ち上がり、恵子と共に歌い始める。それに清宮ら二世たちも加勢する。

集会所は二つの国歌が入り乱れた。お互いに相手の歌声などおかまいなしに大声を張り上げる。それは耳障りな不協和音でしかなかった。

突然、「やあああああっ！」と裂帛《れっぱく》の気合が上がった。真ん中の席に座り、目を瞑《つむ》りながら集会所での議論に耳を傾けていた老人が席を立つと、持っていた杖を刀がわりに振り下ろす。びゅうという空気を切る音がして、歌声が入り乱れる集会所のざわめきは一瞬にして静まり返った。

「オラたちの若けえ頃は薩摩、長州の連中と会津さ、いぐさした。そしてだくさんおっ死んだ。もう、やめれ。同じ日系人同士で争うんでねえ。人は己の信念に忠実であればよかんべ。それぞれがそれぞれの道さ選べばいいだ。もうみんな、部屋さけえれ。んで、よおく考えで決めれ」

老人の気迫にみんなは黙ったまま俯《うつむ》くばかりであった。

老人が「答えはあすでも、よかんべ」とトムに訊くと、トムも神妙に頷いた。「はい。では、みなさん、明日のお昼休みに希望の欄に署名してここに持ってきてください。それでは今夜はこれで解散します」

騒動が落着すると老人は、ぐったりと肩を落とし、咳込み始める。ヤンギの介助で椅子に座り込む。

集会の参加者が自分の部屋に戻り始めるのと入れ替わるように、その部屋に入ってきたものたちがいた。モンタナジョー、エディ上原、トビー篠塚、そしてトビーの恋人のエミリであった。

ジョーとヤンギはカリフォルニア州のストックトンの出身。同じ学校に通い、白人たちのいじめに力で対抗した幼馴染みであった。

ジョーが「ヤンギ」と声をかけると、ヤンギはぽかんとした目をジョーに向けた。

「俺だよ。忘れたのか？」

ヤンギは首を捻り、目を瞬《しばた》かせる。やがてぱっと破顔した。「ジョーか！」

ジョーとヤンギは肩を叩き合う。

「ジョー、おまえ元気だったのか？」

大きく頷くジョー。

「ここへはいつ？」

「今さっき着いたところだ。ヤンギのおじいちゃん、相変わらずすごい勢いだな」

騒然としていた集会所を気合の一喝で鎮めたのはヤンギの祖父であった。

「いやあ、最近はだいぶ……」と言い淀みながら椅子に座る祖父の肩に手を添える。

「じいちゃん、ジョーだよ。覚えているだろ?」

ヤンギの祖父はじっとジョーの顔を見つめた。

「会津の藩校で一緒だったべか?」

いやいやと手を振りながらヤンギは祖父に説明する。「違うよ、じいちゃん。俺の幼馴染みのジョーだよ」

じいさんはきょとんとして首を傾げる。

「ほらほら」とジョーは顔を近づけた。「いろいろ教わりました。剣術とか、『ならんもんはならん』とか、あと……日本の侍が書いた詩……斬り結ぶ……」

じいさんの目が輝き出す。「斬り結ぶ太刀の下こそ地獄なり」

ジョーはうんうんと頷き、その声に合わせて、その続きを諳《そら》んじる。「一歩進めばあとは極楽」

じいさんは「よかんべぇ」と満面の笑みを浮かべ、もう一度、詩を詠《よ》み上げる。

「斬り結ぶ　太刀の下こそ地獄なり　一歩進めば　あとは極楽」

朗々とした懐かしい声である。ジョーの顔が綻《ほころ》ぶ。

「おじいちゃん。もう帰りましょう。疲れたでしょ」

あどけない笑顔を見せながらじいさんを連れに来たのはヤンギの妹の礼子であった。

「ジョー、妹の礼子だよ。大きくなったらジョーのお嫁さんになるって言ってた
……」

礼子は慌ててヤンギの口を塞《ふさ》ごうとする。「やめてよ、おにいちゃん」

礼子は顔を赤くしながらジョーにぺこりとお辞儀をした。「ジョーさん、礼子です。久しぶりです。ジョーさんもここに来たのですか？」

「礼子ちゃんか……。すっかり大きくなったな」

ジョーにまじまじと見られて、礼子はさらに顔を赤くした。そんな顔を見られたくないのか、「ほらほら、おじいちゃん、もう帰りましょう」と、祖父の手を取って集会所を出ていった。その後ろ姿をジョーは微笑ましく見送った。

ジョーはヤンギとあらためて向き合うと「ああ、ヤンギ、俺の仲間を紹介するよ」と、エディ、トビー、エミリを紹介した。

エディたちは久しぶりの幼馴染みの再会を気遣って「俺たちは先に休ませてもらう

よ」と言って集会所を出ようとした。

ヤンギが「独身男性用の小屋はそこを出て右の突き当たりだ。独身女性用は反対側だ。向こうを出て左のいちばん奥になる」と説明する。エミリが不服そうに表情を歪《ゆが》める。「アタシ、トビーさんと別々か……」

ヤンギは首を傾げてエミリに訊いた。「あんた、ニッポン人かい？」

「そですよ、どして？」

「いや、ちょっと言葉が……」

「言葉おかしいか？」

「本当は支那人だろ」

エミリは顔色を変えて「アタシ、ニッポン人よ。ニッポン語上手。あなたのオジイサンよりニッポン語上手」とまくし立てる。その剣幕にヤンギは頭を掻いた。「それは、まあ、確かに……」

「サヨナラ、オヤスミナサイ、ヨロシクオネカイシマス……だよ」と言うと、くるりと背を向けて独身女性用の小屋へ歩き始めた。エミリの後ろ姿を見ながらヤンギは苦笑する。

ジョーがヤンギに訊いた。「ヤンギはどこに住んでいるんだ?」

「ああ、このすぐ裏の馬小屋だ。いまだに臭くてしょうがない。一応家族単位になっているんだけどな。仕切りがシーツ一枚だからプライバシーもなにもあったもんじゃねえ」

「家族みんなでか?」

「家族といってもじいちゃんと妹だけだけどな」

ヤンギは表情を曇らせる。「親父は死んだよ。今頃、天国でおふくろとうまくやってるだろうぜ」

ジョーは驚いて訊いた。「親父さん、いつ?」

「去年だ。ほら、親父、日系人相手に日本語の新聞を作っていただろう。スパイ容疑で逮捕されたんだ」

「スパイ容疑?」

「留置所で自殺したっていうんだけど、拷問に耐えきれずに自殺したのか、拷問で殺されたのか、どっちかはわからねえ」

ヤンギの悔しさがジョーにも容易に伝わる。ジョーは拳をギュッと握った。「慰める言葉もない」

「いいんだよ。このご時世、これが移民の現実というやつだ。なあ、それよりおまえのほうはどうなんだ。おふくろさん見つかったか?」

今度はジョーの表情が翳《かげ》る。

「……六年前に家を飛び出してからカルフォルニア、ネバダ、アリゾナ、ニューメキシコと季節労働であちこちの農場を転々としたけれど、どこで聞いてみても中年の日本女を見たなんてやつはいない」

「そうか……。やさしいおふくろさんだったよな。俺もずいぶんご馳走になった。……でも、親父さんは元気らしいな」

父親を「卑怯なジャップ」と罵《ののし》ったことはジョーの記憶にこびりついて離れない。自分から関係を絶った父の消息など知る由もない。

「新しい教会も建てたそうだぞ。会ってないのか?」

「あれ以来、会っちゃいない」

「収容所には入れられてないのか?」

「さあな」と首を左右に振る。

ヤンギはジョーの本性を知っていた。本当は父親の消息を知りたがっているはずだ。会わせる顔がないというのが本音だろう。ヤンギはこれ以上聞くまいと話題を変えた。

「あぁ、なんか子供の頃が懐かしいな。みんな貧乏だったけど今よりはましだった。差別もこれほどひどくはなかった」

「でも、俺たち二人は日本人のくせに生意気だっていうんで白人の上級生から袋叩きに遭ったよな」

「あった、あった」

「あのときのおまえのおじいちゃんの剣幕、すごかったよな。俺たちを連れて白人の家に乗り込んで、自分の倍もあるでっかいおっさんに日本語でまくし立てて謝らせちまったもんな」

ヤンギはうんうんと頷く。「じいさんは体に三カ所の刀傷があるんだよ。とにかく退《しりぞ》くということを知らない侍なんだ。まあ、最近、だいぶボケてきてしまったけどな」

「おじいちゃん、言ってたな……斬り結ぶ」

「斬り結ぶ　太刀の下こそ地獄なり　一歩進めばあとは極楽」

「一歩進めばあとは極楽か」と諳んじて力強く相槌を打つジョー。「うん、いい詩だ」

竹馬の友としての絆がよみがえり、遠い目で過去を振り返るジョーとヤンギ。

「なあ、ジョー」

「うん」

「おまえどうするつもりだ？　軍隊」

「忠誠の証しにアメリカ陸軍に入れっていうやつか」

「忠誠登録ってやつだけど、まあ要するに徴兵令状だ。忠誠登録を拒否する者は自動的に徴兵忌避《きひ》ということになる」

「忠誠登録ねえ。なんだか気に食わねえな。ヤンギは？」

「俺はご免だ。だいたい愛国心なんてものは自分の胸ン中にあるもので、書類にサインして登録するようなもんじゃねえだろ。それにな、人種差別撤廃を主張しているニッポンの兵隊を人種差別されている俺たち日系アメリカ人が殺せるわけねえだろ」

ジョーはニヤリと不敵な笑みを浮かべた。「ヒットラーならぶっ殺してもいいけどな」

「おまえらしいよ」とヤンギは苦笑いを浮かべる。

二人が談笑しているところに礼子が戻ってきた。「おにいちゃん、ご飯の用意できたよ」

「おお」

「あのぉ、ジョーさんの分もあるの」

「おお、それはいい。ジョー、一緒に食べようぜ」

ジョーは首を傾げながら礼子を見る。「でも、いいのかな?」

「なにもないから気にしないで。今日はトウモロコシのスープだけど、少しだけ赤肉が入っているの」

「赤肉?」

「ここには普通のお肉は回ってこないの。赤肉っていうのは豚の内臓のこと」

「お、モツ煮か。上等上等。ご馳走になろうかな」

「え、ほんとに。やったあ!」と礼子ははしゃぎながらジョーの腕にしがみつく。

「こっちよ」と礼子に引っ張られて、ヤンギと共に集会所を出た。

消灯時間がとっくに過ぎた真夜中の集会所。外ではカナダ颪《おろし》の北風が吹き荒れ、窓の隙間から粉雪が部屋の中に吹き込んでいた。忍び足で集会所に現れたエミリは暗い室内で不安そうに身を縮める。ほかの人間の気配を感じてテーブルの陰に身を隠した。カンテラの灯りで足もとを照らしながら現れたのはトビー篠塚であった。

エミリは「トビーさん！」と声を上げながらトビーに飛びついた。

「うわ、びっくりした」

「トビーさん、やっと来てくれたのね、よかった。会えてよかった」

「さっきまで一緒だったじゃないか。大丈夫だよ、心配しなくても。どこにも逃げられやしないんだからさ」

「でも、これからは別々の部屋で団体生活でしょ。つまんないよ」

トビーはエミリの頭を慰めるように撫でた。「つまんないって言ったって、ここは収容所なんだ。面白いわけないよ」。そして「女性の宿舎はどう？」と訊く。

エミリはにこりと微笑む。「うん。みんなやさしく迎え入れてくれたし、ニッポン人清潔好きだからわりといい感じ。でも、つまんないよ、トビーさんいないから」

「気をつけるんだぞ。白人には日本人と支那人の区別はつかないけど、日本人はすぐに君が支那人だと気づくからね。密告されたら追い出されるぞ」

そもそもエミリは並みの男よりも肝が据わっている。「大丈夫よ。アタシ、満州で生まれたニッポン人にしておいたから」

満州は一九三一（昭和六）年、柳条湖《りゅうじょうこ》事件に端を発した日本の軍部による大陸への侵出で、一九三二（昭和七）年三月に中国東北部と内蒙古などを領土として誕生した国家であった。清朝の廃帝、愛新覚羅溥儀《あいしんかくらふぎ》を皇帝としているが、実質は日本の傀儡《かいらい》国家であり、国際的には認められていなかった。

トビーは目を白黒させた。「なんだよ、それじゃあ、エミリの親は日本から満州に渡ってエミリを生んで最近アメリカに移民してきたということになるのか……」。しばらく考え込んでいたトビーだが「それはまた、やけに忙しい家族だな。アハハ……」と笑い始める。

「アタシはそういう忙しいヒトだよ。アタシ、トビーさんと一緒なら世界中のどこでもついていくよ」

「ありがとう」とトビーはエミリのいたいけな顔をまじまじと見つめた。「でもね、そうはいかないんだ」

「どして？」

「さっきここでみんなで話していた忠誠登録というのがあるだろ。明日の昼までに、その答えを出さなくてはならないんだ」

「それで？」

「僕は志願しようと思うんだ」

エミリの表情が強張《こわば》る。「シ・ガ・ン？」

「そう。軍隊に入る」

「ダメ！　シガンしちゃダメ。軍隊よくない。トビーさんに似合わない」

トビーはエミリの顔を覗き込む。「どうして？」

「トビーさん、カラダ大きくない、チカラも強いほうでない。兵隊さん、向いてない」

「馬鹿にするなよ。こう見えても結構体力あるんだぞ」

「あってもダメ！　戦争よくない。ヒト殺すのことよ」

エミリの剣幕に気圧《けお》されそうになったトビーだが、ふうと息をついて、あらためてエミリに告げる。

「……でも、僕は志願する」

「ホワイ？　どうして」

「エミリ、よく聞いてくれ。僕は小さい頃から真のアメリカ人になろうと思ってたんだ。西部開拓の歴史や独立戦争、南北戦争の英雄たちの物語を夢中になって読んだ。そして、この国の理想である自由と平等に憧れてきた。移民の子供だから余計に本物のアメリカ人になりたかったんだろう。だから、勉強でも運動でも白人たちに負けないように頑張ってきた。星条旗に忠誠を誓うときも、礼拝で神に祈りを捧げるときも僕はいつも真剣だった。だからこの国は僕の故国なんだ。僕はこの国を、この国の理想とするところを愛している。その僕の故国が今、自由と平等を守るために世界のファシズムと戦っているんだ。この国の若者たちが……日系を除くすべての若者たちが命を懸けて戦っている」

「でも……」とエミリは俯く。

「僕ら日系二世だけが国難に立ち向かわなかったら、このあとアメリカ人としてこの国で生きていけると思うか。いや、僕たちだけじゃない。僕らの子供たち、三世や四世が、これからアメリカ人として、この国で普通に生きていくためには今どうしても僕たちが軍隊に入って血を流す必要があるんだ」

「血を流すダメ。死んじゃう」

「大丈夫だ。おそらくわれわれは日本軍の通信傍受や捕虜の通訳などの仕事に就くだろう。最前線には送られないよ」

「でも……」とエミリは諦《あきら》めきれないでいた。「会えなくなっちゃうね」

「今は戦争中だ。僕たちだけではない。みんなそうなんだよ」

「アタシ、トビーさんと一緒にいたい。ずっと一緒に……」

ベソをかくエミリの体を強く抱き締めるトビー。「我慢するんだ」

「待ってるからね。アタシ、必ず待っているから」

エミリの肩口に手をまわすトビー。口づけを交わす。

「僕は君のもとに帰ってくる」

「必ずよ！」

「必ずだよ。絶対に帰ってくる」

エミリはすねるように言った。「早く結婚してればよかったね。結婚してれば、ここでも家族は一緒の部屋にいられるんだよ」

「隣の家族との境はシーツ一枚だぞ」

「シーツ一枚だっていいの、一緒にいられれば」

トビーはエミリの耳もとでそっと囁《ささや》く。「声出せないぞ」

「馬鹿！　声出せなくたっていいもん」

部屋の片隅で灯るランプの明かりが映した二つの影が一つになり、やがてランプの明かりもふっと消えた。

第四四二連隊戦闘団

大統領令九〇六六号が発令されると、一九四二（昭和十七）年二月下旬からカリフォルニア州、ワシントン州、オレゴン州、アリゾナ州と準州のハワイから日系人十二万人が強制的な立ち退きを命じられた。三月二十九日には対象地域に住む日系人の移動禁止命令が下り、「戦時転住所」と呼ばれる全米十カ所の強制収容所に入れられることになった。そして日本人を祖先にもつものは全員、〝敵性外国人〟と分類された。大半の二世は星条旗に忠誠を誓ったアメリカ市民であったのだが、彼らの覚悟はさらに「忠誠登録」という名の徴兵令によって試される。忠誠登録によって戦地に赴いた二世はハワイも含めると三万三千人にも及んだ。

一方で少数ではあるが、忠誠登録を拒否して、日本への送還を望む抗議文を書き、デモを行った二世たちもいた。ヤンギ北村はその一人であった。

モンタナジョー、エディ上原、トビー篠塚は二世部隊へ志願した。トビーのように

〝本物のアメリカ人〟になると決意したものもいたが、ジョーには愛国心を試そうとするアメリカという、もう一つの祖国に釈然としてない怒りを覚え、それがどうしても拭えずにいた。

――ふざけるな、なにが忠誠心だ。俺たちはもともとアメリカ人じゃないか。

――志願はするけどアメリカのためじゃねえ。

――俺たちの自由のためだ。

――軍隊のほうが収容所よりもまだましだろう。

――誰かに束縛されるのは真っ平ご免だ。

そんな想いがジョーの中で交錯する。

ジョーはダイスに願掛けをして壁に向かって投げた。出た目を見てジョーはにんまりと笑った。「戦場に行こうぜ！」

エディは大きく頷いた。ジョーの運に賭けたのである。

アメリカ陸軍第四四二連隊戦闘団はほとんどの隊員が日系アメリカ人で構成された部隊である。彼らは「ゴー・フォー・ブローク！（当たって砕けろ！）」を合言葉にヨーロッパ戦線で激戦を繰り広げた。死傷率は実に三百パーセント以上。つまり戦闘団の人員は当初予定されていた数を大幅に超えて送り込まれ、実に三倍にあたる補充兵たちが戦死、または重傷を負ったのである。勇猛に戦い、命を散らした彼らはアメリカ史上もっとも多くの勲章を受けた部隊としても知られている。

一九四四（昭和十九）年十月、第三十六師団一四一連隊第一大隊、通称〝テキサス大隊〟がフランス東部アルザス地方の山岳地帯でドイツ軍に包囲された。上層部はテキサス大隊の救出を諦《あきら》めかけたが、最後の望みを四四二連隊に託して出動命令を下した。

針葉樹で覆われたボージュ山脈の〝黒い森〟にはドイツ軍が無数の地雷を仕かけていた。さらに塹壕《ざんごう》を掘り、そこに潜むドイツ兵たちは動くものがあれば正体も確かめずに機関銃をめったやたらに連射する。それは、この戦場では優位なドイツ兵であるのに、進軍して来た四四二連隊にえもいわれぬ恐怖を感じていた証しであった。

大量の弾幕により、周囲は硝煙《しょうえん》でけぶっていた。その中を走り抜けて、ジョー、エディ、トビーは運良く見つけた塹壕へ飛び込んだ。恐ろしいのは機関銃の弾だけではない。機関銃の狙いはある程度読めるが、上空から飛んでくる迫撃砲の弾はどこに着弾するか予測がつかない。不運にもすぐ近くに着弾したら木端微塵《こっぱみじん》である。三人は塹壕の中で固く身を縮めた。

エディがジョーに訊いた。「どうする、ジョー。突っ込むか」

しかし、ジョーは首を縦には振らなかった。戦場においても博打打ちの勘を働かせる。「まだだ。今は敵に撃たせておけ。ドイツ軍の物量はそうたいしてないはずだ。だから、もうすぐこの気違いじみた機銃掃射も収まるはずだ。そこを一気に襲うんだ」

エディは「イエッサー」と力強く応じる。

土と埃、そして硝煙で汚れた顔を拭いながらジョーは不敵な笑みを浮かべる。「しかし、ここが太平洋じゃなくてほっとしたぜ。相手が日本軍じゃなくてナチスのドイツ軍だったから遠慮なく戦うことができる。こうなりゃ、勝ったも同然じゃないか」

トビーが大きく相槌を打つ。「そうだな。この戦いだけは絶対に勝つ！　負けられないからな」

エディが訊く。「なんでこの戦いだけは負けられないんだ？」

トビーは右手の人差し指で鼻の下を拭い、ふふんと鼻を鳴らした。「テキサス大隊は白人ばかりだからだよ。ほかのどの部隊もできなかったこの救出作戦だ。大男の白人ばかりのテキサス大隊を僕たち日系部隊が助け出しみろ。戦後になってから日系の評価は上がるぞ。二度と『ジャップ』なんて呼ばせないよ」

エディは「なるほど」と頷く。「確かに、それは言えるな」

塹壕の中からじっと目をこらして森の中を見ていたジョーが、硝煙のけぶる森の中を必死に駆けている兵を発見する。「おい、誰かいるぞ！」

やはり目をこらして森の中を見たエディが「あれは味方じゃないか」と声を上げた。

「よし。援護しろ」とジョーはエディとトビーに告げて塹壕を飛び出した。エディとトビーはすぐさま射撃姿勢をとり、立ち込める煙の向こう側で銃を撃つドイツ軍兵士に向けて引鉄《ひきがね》を引いた。

数分後、ジョーの肩を借りて右腕から血を流した兵士が煙の中から現れ、二人は塹壕へ飛び込んだ。

エディとトビーが駆け寄る。

負傷した兵士は右腕を左手で抑えながら「すまん。止血をしてくれ」とエディに頼んだ。かなりの出血である。ジョーが兵士の両足、トビーが左腕と上半身を自分の体で覆うように押さえ込むと、エディが傷口の処置に当たる。タオルを右腕に巻くと、それを力いっぱい絞る。「グウ……」と兵士は声をきしませる。

「我慢しろ。今は衛生兵に連絡をつけられないいんだ」とエディ。兵士は歯を食いしばりながら「大丈夫だ」と答えた。

止血を終えてトビーから差し出された水筒の水で喉を潤わせた兵士が訊いた。「君たちはカリフォルニアの人たちか？」

三人は頷き、それぞれ名前を告げた。

兵士は血の気の引いた青白い顔をしながらも、しっかりとした口調で身分を明かした。「俺はダニエル井上少尉。ハワイの歩兵第一〇〇大隊から四四二連隊に来た」

第四四二連隊戦闘団はハワイ出身者と本土出身者で混成されており、当初両者は反目し合っていたが、本土出身者のほとんどが有刺鉄線の張り巡らされる刑務所同然の収容所からの志願兵だということがわかってからハワイ出身者の本土出身者を見る目が変わり、対立は解消されていった。ダニエルはジョーたちを頼もしそうに眺めた。

「ハワイか……エディの生まれ故郷だよな」とトビーがエディに目を向けるが、エディは首を傾げるだけであった。

「ハワイのどこ？」とダニエルは訊いた。

「それが、わからないんだ……。俺は孤児だったから」

「そうだったのか。初めて聞いたよ」とトビー。

「本当の父親は長州の武士みたいなんだけど、移住したハワイで野垂れ死んだと聞いている。俺を拾ってくれた親父がハワイで食い詰めて本土に流れてきた。俺を連れてな。その親父ももう死んだけどな」

エディは〝ブランケット・ボーイ〟になった経緯を訥々《とつとつ》と話し始めた。本当の父親が長州の武士であったことはジョーも初耳であった。

エディの話に耳を傾けているうちに、ダニエルがふと気づいた。〝黒い森〟が静寂に包まれていた。「……銃声がやんだ……そろそろだな」

トビーが首を捻る。「そろそろってなにが？」

土埃や硝煙で顔を真っ黒にしたダニエルだったが目だけが爛々と光る。「突撃だ」

エディは慌てて首を振る。「その怪我じゃ無理だ」

ダニエルは得体のしれない微笑を頬に浮かべた。「大丈夫だ。お陰で血はとまっている。それにな、腕はまだ一本ある」

ダニエルはリュックから手榴弾を取り出して握り締める。「この森には息を潜めながら俺の命令を待っている小隊の部下たちがいるんだ。行かなくちゃ」

ダニエルの剛毅朴訥《ごうきぼくとつ》とした横顔を見ていたジョーの目が俄《にわ》かに輝いた。「おもしれえ。俺も行くぜ！」

「ありがとう」とダニエルはジョーに左手を差し出し、握手を交わす。エディとトビーに「二人は？」と訊く。

エディは苦笑しながらも「ジョーが行くなら俺らも行くぜ」と答えた。「なあ、トビー」とトビーに目を向けると、トビーは拳で自分の胸をドンと叩いた。「ノープロブレム」

そんな二人を頼もしく見ながらジョーは「ダニエル井上だっけ。少尉殿、ここで将校はあんた一人だ。俺たちは三人とも軍曹だからな。あんたが指揮してくれ」と告げる。

ダニエルは「よし」と手榴弾を持った左手で森の中を示した。「それではこれから前方にあるドイツ軍の銃座を破壊し、敵の稜線を占領する！」

ジョーたちは顔を見合わせながら「イエッサー！」と答える。

ダニエルは三人に訊いた。「なにか言っておくことはないか？」

「斬り結ぶ　太刀の下こそ地獄なり　一歩進めばあとは極楽」とエディ。

「ゴー・フォー・ブローク！　当たって砕けろ！」とトビー。

ジョーはダイスを威勢よく宙に放った。「俺は勝ちに千ドルだ！」

ジョーはダニエルに「あんたは？」と訊く。

ダニエルは「星条旗よ、永遠なれ！」と祈るように呟いた。

「ジェントルマン、それじゃあ、レッツゴーか？」とジョーは仲間たちの顔を見回した。「出撃だ！」というダニエルの号令にジョーたちは「イエッサー！」と雄叫びを上げて、勢いよく塹壕を飛び出していった。


ボージュ山脈の〝黒い森〟での戦いは熾烈を極めた。ドイツ軍に包囲されたテキサス大隊は「失われた部隊」と呼ばれ、軍上層部でも全滅を覚悟していた。救出にあたた日系人の四四二連隊はある意味では捨て駒でもあったのだ。ところが四四二連隊は諦めなかった。救出命令が下った十月二十六日から五日間に及ぶ消耗戦に挑み、テキサス大隊の二百十一名を救うために、それとほぼ同数の二百十六人の死者を出し、六百人以上が機銃掃射や地雷で手足を失いながらもテキサス大隊を救ったのである。

　この戦闘で一躍名をあげた一人がジョーたちを指揮したダニエル井上少尉だった。彼はこの戦いで片腕を失ったが、〝ジャップ部隊〟と揶揄《やゆ》した連中とも腕力ではなく知力で闘い、戦後はハワイ州知事から上院議員に昇りつめている。ハワイの空の玄関口であったホノルル空港は二〇一七（平成二十九）年に「ダニエル・イノウエ空港」と改称されたほどだ。

　だが、戦場で倒れた無名の兵士たちは数しれない。トビー篠塚軍曹もその一人だった。

　トビーは胸を撃ち抜かれて死んだ。自ら志願した兵役である。「必ず帰る」と恋人のエミリに約束はしていたが、彼は死を覚悟していた。彼の骸《むくろ》の手には銃ではなく紙切れが握られていた。その紙切れには「貧しく疲れた人々よ　自由に憧れる人々よ　嵐に翻弄され寄る辺なき人々よ　わたしのもとに来るがいい　黄金の扉のかたわらでわたしは灯りを掲げ待っている」と記されていた。

　戦場で倒れたトビーは薄れゆく意識の中で「待ってるからね。アタシ、いつまでも待っているから……」というエミリの声を聞いたのだろう。トビーの死に顔には苦悶の陰りはなく安らかな笑みを浮かべていた。

一九四五（昭和二十）年四月三十日、アドルフ・ヒトラーが自殺、五月七日、ドイツの無条件降伏によって欧州戦線は終結した。

アメリカ陸軍第四四二連隊戦闘団は合計六百個以上の勲章を授与され、アメリカ合衆国軍事史上に名を残す部隊となりながらも、世間が四四二連隊を見る目はどこか冷ややかであった。それはドイツ降伏後も続いていた太平洋戦争が泥沼化していたためであった。兵站《へいたん》を絶たれた日本軍は無謀な玉砕攻撃を繰り返していた。やがてカミカゼ・アタック。その数は実に約四千人。決死ではなく必死の攻撃にアメリカ兵たちはノイローゼになるほど怯《おび》えた。「日本憎し」の声はトルーマン大統領が広島、長崎への原爆投下の決定を下す後押しとなったのだ。

ジョーたち四四二連隊の兵士はトルーマン大統領から称賛されながらも、一般人を標的とした原爆攻撃には忸怩《じくじ》たる思いを抱えざるをえなかった。それは許されざる行為だという思いに駆られたのは、やはり心のどこかに自分たちのルーツへの憐憫《れんびん》の情があったためだ。星条旗のために戦い抜いてきたという誇りに泥をかけられたようなものであった。

ジョーたち日系二世は荒《すさ》んだ気持ちのまま戦後を迎えたのである。

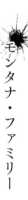

モンタナ・ファミリー

一九〇八（明治四十一）年三月十八日、マサチューセッツ州ウースターの貧しいイタリア移民の子として生まれたレイモンド・ロレータ・パトリアルカ。モンタナジョーよりは十歳ほど年嵩《としかさ》の彼は十歳の頃からギャングの世界に身を置き、一九二〇年代の禁酒法の時代に闇酒の販売と輸送、売春や八百長賭博に関わってきた。アメリカ北東部の六つの州からなるニューイングランドのボス、フランク・イヤコーネに度胸を買われて組織で台頭していったが、やがてイヤコーネを暗殺し、ニューイングランドの基盤をそのまま乗っ取ることに成功している。

一九四九（昭和二十四）年年十二月、レイモンドが催した秘密賭博パーティーでディーラーに抜擢されたのがモンタナジョーであった。イタリアン・マフィアのレイモンドは純血主義を守り、日系のジョーを使うつもりはまったくなかった。だが、頼りにしていたディーラーのジョセフ・ピーター・ラッジが何者かに殺されて彼に代わるディーラーを見つけられずレイモンドは焦っていた。なぜなら、その秘密賭博パーティーにはニューヨーク五大ファミリーのカルロ・ガンビーノやヴィト・ジェノヴェーゼ、ジョゼフ・ボナンノなどの顔役が一堂に会するからであった。ここでヘタを打つとマフィアとしての出世はとまってしまう。どころか彼らの機嫌を損ねることがあれば、新参者のマフィアにシマも命も奪われることになりかねないのだ。

　ジョーのイカサマの腕前はラッジをしのぐと噂されていた。しかし、マフィアの内部事情をどこの馬の骨ともわからぬジャップに任せるわけにはいかなかった。それはマフィアの沽券《こけん》にもかかわる。そこでレイモンドは一計を案じた。部下に「ジョーに代役を任せるが、パーティーが終わり次第口封じする」と命じたのだ。つまり用が済めば、その場で殺すということである。

　ところが、パーティーはレイモンドの予想を遥かに超えて札束が舞った。ジョーは華麗なカード捌《さば》きでトリックを仕かけ、また気の利いたジョークで客の射幸心を煽《あお》った。「こいつは使える」と考えたレイモンドの頭から「不要なジャップは消す」という考えは完全に消えた。「こいつは拾いものだ」と内心でほくそ笑む。

　パーティーが終わったあと、レイモンドはジョーに握手を求めた。

「噂以上の腕前だな」

怯《ひる》むことなくジョーはレイモンドの手を握り返した。その度胸を気に入ったレイモンドはジョーを自分の配下にすることを決断した。


一九五〇（昭和二十五）年二月、イリノイ州シカゴ。

大西洋や太平洋を渡ってニューヨーク、カリフォルニアに渡った移民たちが目指したアメリカ最大の歓楽街であり、そして犯罪都市として知られた都市である。その発展は〝夜の大統領〟と謳《うた》われたアル・カポネの時代から始まる。

一九二〇年代の禁酒法下、カポネは高級ホテルを根城に酒の密造と販売、そして売春業、賭博業に手を染め、巨万の利益を手にする。一方で敵対する組織を力でねじ伏せていった。血が血を呼ぶ混沌とした時代ながらもシカゴは活気に溢れていた。その活気がさらなる人を呼び込む。カポネの時代はジャズメンのギャラは本場ニューオリンズでも一日一ドルだったものがシカゴでは五十ドルも稼げたのだ。そのため定職をもたない風来坊たちがシカゴに流れ着くようになった。黒人やプエルトリコ人が目立ったが、日本人も例外ではなかった。戦争が終わって強制収容所から解放された日系人たちがシカゴを目指したのである。戦前、シカゴに住む日系人は五百人足らずであったが。一九四五（昭和二十）年には二万人以上に膨れ上がっていた。

レイモンドの配下となったジョーはシカゴで店を構えることになった。店の名は「CABARET MONTANA（キャバレー・モンタナ）」。

赤と黒を基調に、調度品もアールデコ調で高級感が漂う店内。舞台には楽団が演奏できるオーケストラピットも備えられダンスホールとしても使われる一方で、ホールに隣接するバーは禁酒法時代の隠れ家酒場のアンニュイな雰囲気もたたえていた。

歌と踊りの華やかなレビューや妖艶なストリップティーズばかりがキャバレーの醍醐味ではない。一獲千金を狙えるギャンブルを目当てに訪れる男たちも大勢いた。酒と女とギャンブルという人間の欲望が渦巻く社交場がキャバレーであり、その混沌とした雰囲気は戦後、戦地から戻り、虚脱感に襲われた白人たちの欲求を満たす場所、そして軍隊という就職先を失った有色人種が働く場所として活況を呈したのである。

レビューを眺めていたレイモンドが「なかなかいい店だな。女たちもほとんど東洋系か。これからの時代にはウケるかもしれんな」と感心したように言う。かたわらにはジョーの妻メアリがいた。

メアリはどこか不満そうに答える。「そうだといいんですけど」

「白人はメアリ、あなた一人なのかい？」

「そうなの」

レイモンドはわざとらしい明るい声色でメアリを讃える。「美しさがますます引き立ちますな」

メアリの口角が妖しく上がる。「あら、お世辞でも嬉しいわ」

レイモンドはテーブルの上のメアリの手に自分の手を重ねた。「だがな、肝心なのはあくまでも博打だ。それを忘れてはいかんぞ」

「それはもちろんですわ」

メアリはレイモンドの手をそっと外して、店内を見回していたジョーに目配せをする。「そうでしょ、あなた」

レイモンドのいるテーブルにジョーはゆっくりと近づいていった。

「博打だけはプロですから」

レイモンドは相好を崩して、ジョーを迎えた。「おまえは先月のニューヨークでの大賭博パーティーのディーラーとして抜群の腕を見せてくれた。俺たちの世界でイタリア人以外にディーラーを任せたのは、あのときが初めてだったが、おまえほどの腕があれば、うちのファミリーの一員としては働いてもらおうというのがボスの意向だ」

ジョーは「それはどういたしまして」とすっと会釈する。ジョーはオーダーメイドのタキシードを着ていたが、軍隊で鍛え上げたしなやかな筋肉がタキシードのボディラインに浮き上がって見えた。体の大きな黒人がハンマーのような威圧感で他者を圧倒するとすれば、ジョーのそれは鋭利なナイフといえる。

ジョーの右隣にいたエディ上原がレイモンドに訊いた。「ボスというのは?」

「カルロ・ガンビーノ。ニューヨーク一帯を支配しているボスだ。〝最後のドン〟と呼ばれている」

ガンビーノの名前に、メアリは目を丸くして「まあ」と声を上げた。「ニューヨークのボスっていったらアメリカ一よ」

「だがな……」とレイモンドの表情が翳《かげ》る。「ここシカゴにはまだまだガンビーノ氏の支配を嫌う勢力がある。だから、おまえたちに店を出させたというわけだ」

「なるほど」とジョーが頷く。

エディがニヤリと笑う。「すると、ここが前線基地ってわけか」

レイモンドは葉巻の煙をくゆらせながら満足そうな笑みを浮かべる。「察しがいいな」

レイモンドのテーブルの背後に数人の男たちが現れた。

振り向いたレイモンドの表情が途端に引き締まる。すぐに席を立つとジョーたちに「お目見えだ」と耳打ちした。

ボルサリーノを目深に被り、白いロングマフラーを首から下げた大柄の男にレイモンドは近づくと仰々しく両手を広げた。「ボンジョルノ」

男はレイモンドを抱擁する。

「ようこそ、いらっしゃいました」とレイモンドが恭しく迎えた男こそ、カルロ・ガンビーノであった。

ガンビーノは一九〇二（明治三十五）年八月二十四日、シチリア島パレルモで生まれた。レイモンドよりも六歳年上である。マフィアの家系で育ち、一九二一（大正十）年にアメリカに密入国。禁酒法時代に酒の密造を始めて頭角を現し、やがてニューヨークの五大ファミリーのボスとして裏社会で絶大な権力を握る。

ガンビーノはがっしりとした体形で、口と鼻が大きく、精悍な面構えであった。黙っていても人を圧倒する気迫が体から滲み出てくるようで、大柄なレイモンドも彼の前では小さく見えた。

レイモンドはジョーたちをガンビーノに紹介した。「これがジョーです」「よろしくお願いします」というジョーにガンビーノは頷きながら、ジョーの隣の女をまじまじと見つめる。

「妻のメアリです」とジョーがガンビーノに紹介すると、メアリは「お目にかかれて光栄ですわ」と深々と頭を下げた。ガンビーノはメアリの手を取り、甲に唇を寄せた。

ガンビーノは店内を見回し、「女房だけは白人ってわけか」とジョーに訊く。薄気味の悪い笑みを唇に浮かべていた。

ガンビーノの居丈高な態度が癪《しゃく》に障ったジョーは鋭い視線を向けて「それがなにか」と素っ気なく訊き返した。

ガンビーノは大仰にハハンと両手を広げた。「いや、別にかまわないが……。

ジョー、ディーラーとしてのおまえの腕前はこの間のパーティーでたっぷり見せてもらった。このレイモンド・パトリアルカが買っているだけのことはある。たいしたものだ」

ジョーは頭を下げる。「恐れ入ります」

「フルネームは?」

「忘れました。モンタナ州の賭博大会で名をあげたもので〝モンタナジョー〟と呼ばれています」

「モンタナジョーか。聞いたことがある。なんでも、そのモンタナジョーって男はすごい男だって話だな。東洋人にしては珍しく度胸に溢れている男だっていうじゃないか」

「東洋人」という言葉にジョーは反応し、半眼にした目をガンビーノに向けた。「確かに俺のルーツは日本だが、俺は東洋人じゃねえ。アメリカ人だ」

「なんだって……?」とガンビーノはギュッと眉をひそめると、品定めするようにジョーをじっくりと見る。

レイモンドとメアリがガンビーノの機嫌を損ねるのではないかとハラハラしている

ことはジョーにはわかっていたが、ジョーはガンビーノから視線を外すことはしなかった。

ガンビーノはゆっくりジョーに近づいていく。ジョーはガンビーノの一挙手一投足のわずかな動きも見逃すまいとした。目を離した途端に拳銃でズドンということもあるのだ。

ガンビーノはニッと片頬を持ち上げた。

「レイモンド、おまえの言うとおりだ。たいしたクソ度胸だぜ。マフィアになるには十分に肝が座ったやつだ。ジョー、おまえみたいな男に会えて嬉しいぜ」

ガンビーノは両手を開いてみせる。「兄弟、マフィア加入のシチリア式儀式だ」

ガンビーノはジョーの肩を掴み、ジョーにも肩を掴ませる。次に首を合わせて頬にキスをする。「よし、これでおまえもファミリーの一員だ。しっかりやれ！」

ガンビーノは「レイモンド、あとは任せたぞ」とパトリアルカに告げた。

「どちらへ？」

「あと三軒シカゴの店を回らなければならない。近頃バンビーノの連中が俺たちのシマを荒らしてるらしい」

エディが「バンビーノ？」と訊く。ガンビーノは「バンビーノ・ファミリーだ。シカゴではちょっとうるさい相手だ。おまえたちも気をつけろ」と告げて、手下たち引き連れて店をあとにした。

「CABARET　MONTANA」はシカゴのノースクラーク・ストリートにあったが、コーザ・ノストラの幹部で「殺人株式会社」で名を馳せたジョー・アドニスの兵隊をしていたバンビーノ・ファミリーのボス、ジェス・バンビーノの店もシカゴにはあった。

ノースクラーク・ストリートはミシガン湖畔の南北十二キロメートルに渡る通りで、地元住民、観光客のためのアトラクションが密集していた。一九二九（昭和四）年二月十四日にはシカゴのサウスサイドを仕切るアル・カポネが抗争を繰り広げていたバッグズ・モラン率いるノースサイド・ギャングの四人と一般人三人を殺害した「聖バレンタインデーの虐殺」事件が起こったことでも知られる。

バンビーノは一九四六（昭和二十一）年頃にニュージャージー州を拠点としていたアドニスのもとを離れシカゴに行き、アル・カポネの部下だったヘンズ・マガディーノの力を借りて自分のファミリーを築いた。金融、売春、ノミ屋、賭博とあらゆる悪事に手を染めて暴利を貪っており、一九五〇年前後のシカゴの暗黒街で確たる地位を築くまでになっていた。

カルロ・ガンビーノがいる間は緊張感が走っていた「CABARET MONTANA」だが、彼が店を出るとその場の雰囲気は一変した。エディ上原は軽い口調で話し始めた。「俺たちのボスがガンビーノで、敵がバンビーノか。イタリア人の名前は同じようで覚えにくいな」

レイモンド・パトリアルカがいやいやとかぶりを振る。「俺たちから見れば、おまえたちアジア系も見分けがつきにくいぜ」

白人であるジョーの妻メアリはレイモンドと口を揃える。「そうよね」

レイモンドに「見分けがつきにくいですか？」と訊いたジョーは、ホールにいる仲間たちに集合をかけた。「みんな集まってくれ。みんなも今聞いたとおり、俺たちはニューヨークのカルロ・ガンビーノのファミリーとして、このシカゴを切り拓いていくことになった。マフィアにはイタリア人の血の結束がある。俺たちみたいな東洋系がその中に入るなんてことは初めてだそうだ。みんなをモンタナ・ファミリーとして、アンダーボス、レイモンド・パトリアルカ氏に紹介したい」

集まった仲間たちは顎をグッと引き締める。

左目に眼帯をはめた、いかり肩の大柄な男が太い上腕を奮わせながらレイモンドの前に立ち、陸軍式の敬礼をしてみせる。「俺はスマイリー山田。片目だけど、腕力の強さでは誰にも負けません」

スマイリーはレイモンドの前で片手で椅子を軽々と持ち上げてみせる。にこりとするスマイリーだが、その笑みは凶悪にさえ見えた。スマイリーの父親は熊本生まれの移民一世で、アメリカ西海岸の日本人社会にあった大アジア主義を掲げる右翼団体「黒龍会」の流れをくむ親分だった。シアトルやロサンゼルスの賭場を仕切っていた「金八」と渾名《あだな》される男である。黒龍会は一九三七（昭和十二）年の日中戦争勃発とともに愛国心に燃えて、日本軍部と手を組み、上海に進出。金八も妻子を残して上海に渡ってしまった。アメリカで再婚した母親だが、スマイリーはその家に馴染めず家を出て、ヤクザ組織の中で育ってきた。相手の胸倉を掴《つか》み上げるときに不気味な薄ら笑いを浮かべることから、黒人やプエルトリコ人から「スマイリー・ボーイ」と呼ばれるようになった。

スマイリーにかわり、日系人では珍しく百八十センチメートルもあるだろう長身の男がレイモンドの前に進み出る。「ホビー原口です。スマイリーの友達。ママはハワイとフィリピンの混血、パパはニッポン人と聞いたけど、両親とも記憶になし」

次にレイモンドの前に立ったのはビース豊臣。小柄で愛嬌のある顔だ。早口でまくしたてる。「俺はビース豊臣。ブラジル生まれです。豊臣秀吉という名前の親父がアメリカに密入国したので、あとを追って来ました。親父を捜してブランケット・ボーイをやっていたとき、ジョーには世話になった。博打の腕前はジョー仕込みで得意です」

ビースがロサンゼルスに密入国したのは十歳のとき。「黒龍会」が仕切るリトルトーキョーの賭博場「東京クラブ」のボスに拾われ、父親捜しをするが、ついに見つかることはなかった。そもそも豊臣秀吉という名前が眉唾ものであった。戦前はアメリカに密入国するものが多く、そういう輩は偽名を使っていた。豊臣秀吉だけで何人もいたし、ほかに徳川家康、大久保彦左衛門、清水次郎長などと名乗るものもいたのだ。

背丈はそれほどないが筋骨隆々とした男がレイモンドの前に進み出る。二本のナイフを振りかざし、不敵な笑みを浮かべる。

「ロペス宮本です。メキシコから来た不法移民。スペイン語は普通に喋れます」

ロペスの父は日系移民一世で、母親は中国人とフィリピンの混血だった。ハワイからメキシコに渡り、やがてアメリカに不法入国。戦死したトビー篠塚の親友でもあった。太平洋戦争中は強制収容を逃れるために中国人になりすまし、チャイナタウンに潜伏していた。先祖は日本人の剣豪・宮本武蔵だと信じており、二本のナイフを変幻自在に操《あやつ》る。戦後、エディ上原の誘いでシカゴを訪れ、モンタナ・ファミリーの一員となった。

百六十センチメートルほどの小柄な男がレイモンドの前に立つ。「マイク伊波。ハワイ出身。両親は日本の沖縄からハワイにやって来たけど、病気になって死んじゃった。僕の特技は琉球空手。死んだパパから教わりました」

俊敏な動きで琉球空手の形をレイモンドに披露する。気合の入った声を聞いたパトリアルカは満足そうに頷き、「みんなしっかりジョーを支えてやってくれ。じゃあ、俺はそろそろ失礼するよ」と帰り支度を始めようとする。

「すみません、僕までです」と端正な顔をした若者が声を上げた。

「おお、それは失敬」

「名前はトニー田辺と申します」

「トニーはなにができる？」

「僕は絵を描くのが得意です」

トニーはサンフランシスコ郊外のローダイという町で日雇い労働者たちの社交場となっていた日系人が経営する「広島屋」というホテルで働いていた。お客を喜ばすために覚えたことが絵画とダンスという異色ダネであった。

「絵」と聞いて、レイモンドは俄《にわ》かに顔をしかめた。不承不承に「ほかには？」と訊く。

「ダンスもやります。得意なステップは……」

タップダンスの軽快なステップを踏み始めるトニーだが、レイモンドは苦笑いを浮かべながら「あとは日系人同士よろしくやってくれ」と告げて店のエントランスに向かった。メアリが「お見送りしてくるわ」とレイモンドのあとを追う。

レイモンドがいなくなり、ジョーはあらためてみんなに声をかける。

「よし、俺たちだけの誓いの儀式だ。みんな集まれ」

トニーはダンスをやめて、エディが赤ワインとグラスを用意する。

ジョーがナイフで自分の左手首を切り、そこから流れ出る血を赤ワインの入ったグラスに注いだ。エディたちも同じように手首を切り、ワイングラスに血を注ぐ。七人の血が入ったグラスをジョーはかざした。「俺たちは今日からファミリーだ。どんなことがあってもファミリーを裏切らない。ファミリーのためなら命を懸ける。俺たちは死ぬまで一緒だ」

「モンタナ・ファミリーに！」とジョーがグラスの中身を一気に飲むと、仲間たちも「モンタナ・ファミリーに！」と声高々に唱えてグラスを掲げ、そしてその中の液体を飲み干した。

一瞬の静寂、そしてお互いを見つめ合う目に闘志がみなぎっていた。

「ここはジョーの店かな？」

その声にジョーが振り返ると、そこにはひときわ大柄な男が立っていた。ジョーは大きく顔を綻《ほころ》ばせた。

「ヤンギじゃないか」

ジョーの幼馴染みで、ツールレイク収容所でも一緒だったヤンギ北村であった。二人はどちらからともなく近づき、笑顔のまま握手をして肩を叩き合った。ヤンギのかたわらには妹の礼子もいた。

「礼子ちゃんか……。大人になったなあ」

礼子は恥ずかしそうに、しかし目に涙をためながらジョーを見つめた。

店の中を見遣ったヤンギは「ほお」と感嘆の息をもらす。「おまえ、羽振りがいいな。噂を聞いてニューヨークから来たぞ」

エディ篠塚もヤンギに笑顔を向ける。「ヤンギ、久しぶりだね」

「おお、エディか。懐かしいなあ……。そうだ、トビーは？」

エディの顔から笑みが消えた。「うん……」

礼子が両手で口を塞《ふさ》ぐ。「まさか……」

エディが苦々しい表情で伝えた。「そうなんだ」

落胆するヤンギと礼子にジョーは笑顔を向けた。「紹介するよ、俺の新しい仲間たちだ！」

スマイリー山田たちがヤンギを囲む。

ヤンギが顔を上げてモンタナ・ファミリーの面々をじっと見る。「みんな、よろしくな。俺はジョーの幼馴染みでヤンギ北村だ。こっちは妹の礼子」

突然、ロペス宮本が素っ頓狂な声を上げる。「ヤンギ北村って！」

ビース豊臣が「おまえ、知ってるのかよ」とロペスに訊く。

「有名だよ、一匹狼のギャング」

ヤンギはいやいやとかぶりを振りながら「俺はギャングじゃないぞ」と答える。

「日系人ばかり助けるヤンギっていう暴れん坊がいるって聞いたよ」とロペス。

ホビー原口は「俺も聞いたことがあるよ。質《たち》の悪いリキっていうニッポン人プロレスラーをとっちめて謝らせたヤンギってすげえやつの話だ」と目を輝かせてヤンギを見る。

「その話は俺も聞いたよ」とビース。

巨漢のスマイリー山田も「力道山をやっつけたのか。そいつはすげえや」と感心しきりだ。

ロサンゼルスのリトルトーキョーにある店で酩酊《めいてい》した力道山が日系の女給の顔に空手チョップを食らわせた。女給の顔はバスケットボールのように腫《は》れ上がったが誰も力道山を諫《いさ》めることができないでいた。そこに現れたのがヤンギ北村であった。

ロペス宮本が喜々として言う。「プロレスチャンピオンかなんか知らねえが、女殴って、おまえ、ほんとにそれでもニッポン人か。ロスで舐めた真似しやがると太平洋に沈めて鮫の餌にしてやるぞって、な」

「そいつはすげえや！」とマイク伊波は拍手喝采で跳びはねる。

スマイリー山田が気を利かせた。「その話はゆっくり聞きたいけど、今夜は俺たちは先に失礼しよう。四人で積もる話もあるだろうし」

「そうだな。そろそろ帰ります」とホビー原口が言い、それぞれ帰り支度を始めた。

トニー田辺が頭を掻きながらジョーに駆け寄り、「あの」と小声で言う。

「なんだ？」

「僕もやるときはやりますから」

レイモンドの前でのことを気にしていたのだろう。ジョーは「わかってるよ」と微笑む。

仲間たちを見送ったジョーはあらためてヤンギ、礼子、エディとテーブルを囲んだ。再会を心から喜べないのは、ここにいるべき友がいないからであろう。

ヤンギが物憂げな顔で訊く。「トビーは死んだのか……。ヨーロッパでか?」

唇を噛み締めたまま頷くジョー。

「残念だ。いい男だったのに……」

その場で手を合わせ、トビーの冥福を祈るヤンギ。

そんなヤンギを「こいつもいい男だ」という目で見つめるジョー。

「ところで、おまえはどうしてた。徴兵を拒否したあとは」とジョーが訊く。

ヤンギは虚空を睨む。その目には怒りの炎が揺れていた。「俺は収容所のあとは刑務所に叩き込まれた。四年間もだ」

「四年間もか!」とエディが驚きの声を上げる。「なにをやらかしたんだ?」

「聞いたことがないか。マンザナー収容所の日系人大暴動」

「知ってるよ。二万人の日系人が大暴動を起こしたんだろう。銃撃されて殺されたやつもいたって新聞で読んだよ」

「あの暴動はな、その撃ち殺された二人と俺が首謀者だったんだ」

エディは目を丸くする。「そうだったのか」

「それでムショ行きか」とジョーが訊く。

「最初が軍事刑務所、そのあとユタ、アリゾナ、カリフォルニア……盥回《たらい》しにされたよ」

「そんなにか」とエディが呆れながら訊いた。「いったいなんのために？」

ふんとヤンギは鼻を鳴らす。「ムショってところはな、新入りがいたぶられるところなんだよ」

ジョーは吐き捨てるように言った。「それじゃあ、わざとか……。なんてやつらだ」

ヤンギはニヤリと笑った。「お陰で喧嘩の腕は上がったぞ」

ジョーとエディはヤンギの得意気な顔を見ながら、「そうだろうな」と笑った。

「礼子ちゃんはどうしてたんだ？　ずっと収容所にいたのか」とジョーが訊く。

頷く礼子。「おじいちゃんと一緒に。でも、おじいちゃんは亡くなったの。あと一年生きていれば出られたのに……」

「そうか。あのおじいちゃん、亡くなったのか。立派な人だったのに……」

ジョーは肩を落とした。

エディがしんみりとした雰囲気を盛り上げようと気遣う。「でも、これからは自由さ。日系人だって小さくなっていることはない。ジョーなんか、白人の嫁さんをもらったんだぜ」

ハッとしてジョーを見る礼子。その目には祝福ではなく落胆を滲ませていた。

ヤンギは妹の気持ちを察しながらジョーに訊いた「おまえ、結婚したのか？」

ジョーは「余計なことを」というようにエディに一瞥をくれると、黙ったまま目の前のグラスを手に酒を一気にあおった。


エントランスのドアが乱暴に開けられる音がした。ジョーたちはすぐに身構えるが、現れたのは小柄な女性であった。髪は乱れ、ブラウスは引き裂かれている。よく見ると顔には暴行された痕が残っていた。

息を切らせながら女が訊く。「ここは日系の人のお店ですよね？」

エディが「そうだけど」と答える。

「ジョーさんという親分さんの……」

「親分ということはねえけど」とジョーは苦笑しながら女に近づく。「俺がジョーだ。モンタナジョーって呼ばれている」

女はジョーの前で跪《ひざまず》く。「助けてください！」

ジョーは訝《いぶか》しげに女に訊いた。「助けるのはいいけど、あんた、どこから来たんだい？」

「……フジヤマ」

ヤンギの顔色が変わった。「チャイニーズやニッポン人、東洋系ばかり集めた日本風の女郎屋だ。ミシガン湖の近くにある。あんた、そこで働いているのか？」

頷く女。

「その店は女に暴力をふるうのか？」とヤンギが訊く。

「はい。でも、わたしはとくに……逃げるから」

「あんた、名前は？」とエディ。

「幸子……幸子モラッティ……」

エディは怪訝《けげん》そうに首を傾げる。「モラッティ……結婚してたのか？」

「はい」

「そのハズバンドのもとには戻らないのかい？」

表情を引き攣《つ》らせたまま無言で俯《うつむ》く幸子。

「まあ、とにかく、こっちに座りな」とジョーは足もとの女を立ち上がらせた。「よければ、あんたの事情を話してくれないか。ミシガン湖とこのシカゴは近い。同じイリノイ州だ。あんたをかくまっているということは、いずれその店にも伝わるだろう。かくまうにしても正当な理由がほしい」

「……わかりました」

テーブルについた女だが、やはり俯いたままだ。

「あんた、生まれはどこ？」とエディが訊く。

「……わたしは日本の横浜で生まれました。戦争中は空襲がとってもひどくて人がいっぱい死にました。師範学校の教師であった父も死にました。戦後は幼い弟と妹を育てるために母とわたしは工事現場のニコヨンとして毎日必死に働きました。でも、あまりの重労働に母が腰を痛めて働けなくなってしまい、わたしはあるキャバレーで働くことになりました。そして進駐軍の兵隊ビルと知り合いました。その人がビル・モラッティ……」

一九四五（昭和二十）年五月二十九日の横浜大空襲で横浜は桜木町から根岸湾方面まで焼夷弾で焼け尽くされた。約八千から一万人の死者を出したが、実数は把握されてはいない。

八月十五日の玉音放送を境に街は再開発されていった。一九四八（昭和二十三）年、関内地区と伊勢佐木町の一部がアメリカ軍に接収され、その周辺には兵隊相手のキャバレーが軒を連ねるようになる。繁華街には「東京ブギウギ」「憧れのハワイ航路」などの流行歌が流れ、兵隊たちに連れられた日本人の女たち、アメリカ兵相手の娼婦〝パンパンガール〟が大手を振って嬌声を上げながら街を歩いていた。繁華街は華やかに賑わっているように見えたが、多くの庶民はその日食べることで精いっぱいで、住んでいる家も焼け跡に急ごしらえした粗末なバラックであった。

アメリカに帰国することになった海兵隊の軍曹ビル・モラッティはキャバレーで知り合い深い仲となった幸子の家を訪ねてプロポーズした。息子を特攻で失い、夫と家を空襲で失った幸子の母・敏江は結婚には猛反対であった。

その日、幸子はビルからエンゲージリングを贈られる。幸子にとっては生きてきていちばん幸せな日でもあり、間違いの始まりの日でもあった。

ビルから贈られた指輪を突き返したのは敏江であった。「落ちぶれたとはいえ、こんなパンパンのような真似を、わたしは許しませんよ！」と幸子を叱りつける。そしてビルを憎悪の目で睨んだ。「帰ってください。うちの娘をアメリカ兵に嫁がせるわけにはいきません。夫と息子を殺したアメリカにうちの娘は渡しません」

敏江の剣幕にたじろぎながらも、ビルは真剣な表情で訴える。

「オカアサン、戦争はもう終わりました。ボク、本当にサッチャンを愛してます。これ、プレゼント。どうぞ」とバッグから紙袋を取り出し、渡そうとした。

しかし、敏江はそれを手にしようとはしなかった。「けっこうです。いりません」

「ハムです。おいしいよ」

「ノーサンキュー。わたしたちは戦争に負けても乞食になったわけではありません」

「でも……」

「帰って。帰ってください！　ゴーホーム！　ヤンキー、ゴーホーム！」

「それで？」とエディは訊いた。

「そのあとも彼の求愛は続きました。わたしは母の反対を押し切ってビルと正式に結婚しました。そして、弟が中学を卒業し就職できたので、彼のあとを追ってこっちにやって来ました」

エディはふむふむと首肯した。「最近よく聞く、軍人花嫁ってやつだな。はるばる太平洋を渡ってきたものの、彼は……ビルは別人のように変わってしまった。そうだろ？」

「……シカゴのビルの家に来て驚いたのは、狭い家に十人もの家族がいて、日本以上に貧しい家庭だったことです」

「ビルはプエルトリカンだな。チャイニーズもそうだけど、あいつら大家族なんだよ」

幸子はエディの言葉に頷く。

アメリカへ帰国したビルの態度は一変した。聞いていた裕福な暮らしはどこにもなく、退役したビルの言動は粗暴となり、まったく働こうとはせず、暇があれば酒を飲んだくれて幸子にあたり散らした。

「ねえ、ビル、お願いだから、あなたも少しは真面目に働いて」

「仕事がないんだよ。働きたくても仕事がないんだよ、プエルトリカンには」

「なんだっていいじゃない。どんな仕事だってやる気があればできるわ」

「どんな仕事があるっていうんだ」

「わたしのやっている掃除の仕事とか、道路工事とか……」

「オレは戦争中は海兵隊の軍曹として部下を使っていた男だぞ。そのオレに、そんなモンキーみたいな仕事をさせようってのか。あぁ、オレに汚ねえ公衆便所のウンコ掃除をさせようってのかよ」

「そんな……」

「舐めんじゃねえぞ。オレはジャップじゃねえ。そんなみじめな真似ができるか」

「ひどい」

ビルの言葉に傷ついた幸子は部屋に戻ろうとするが、ビルは幸子の腕をとって引き留めた。下卑た薄笑いを浮かべている。「それよりよ、おまえにいい仕事があるんだよ。おまえにこのまま今の汚い仕事をさせちゃおけないよな。明日からでいい。ミシガン湖の近くにあるいい店で働けるよう話をつけておいた」

得意気に話すビルの表情に幸子は身震いした。「お店?」

「おまえ、日本でも水商売やってたじゃねえか。うまいもん食って飲んで。楽しくやってたじゃないかよ。今度の店はもっと稼げるぞ」

呆れて頭を左右に振る幸子。その態度にビルの態度がまた一変する。

「楽な仕事だ。なあ、少しはうちの家計のことも考えて稼いでくれよ、な」

「わたしは今の仕事を頑張りますから」

自分の部屋に戻り、ドアの鍵をかける幸子。

「ちょっと待てよ。おい、サチコ」

髪をかきむしるビル。ドアの外で幸子に懇願の声を上げる。

「出てきてくれよ。サッチャン、頼むよ。なあ、頼む。もうあとには引けねえんだよ。実はなぁ、もうバンス……前金もらっちゃったんだよ。相手は堅気じゃないんだよ。約束破ったらオレやおまえだけじゃなくて家族みんなが危ない目に遭うんだよ。なあ、頼む」

ギュッと眉をひそめたヤンギが「それでフジヤマで働くようになったわけか」と吐き捨てるように言った。

エディも憤る。「悪い亭主がいたもんだ。その店は通いじゃなくて、住み込みなんだね。外出ができないように」

頷く幸子。

じっと黙ったまま幸子の話に耳を傾けていたジョーの口を開いた。「わかった。あんたのことはわれわれモンタナ・ファミリーが守るから安心しな。今夜はとりあえずこの店に泊まるといい。奥に毛布があるから、そこのソファを使えばいい」

ジョーの言葉に幸子の表情が綻ぶ。だが、エントランスのほうから「ちょっと待って！」と冷や水を浴びせるような金切り声が響いてきた。ジョーの妻、メアリだった。「わたしは反対よ。黙って聞いてればなによ、それ！　うちはまだシカゴで新参なんだからバンビーノと事を構えるのは危険だわ」

突然しゃしゃり出てきたメアリをジョーはじろりと睨む。「仕事の話に女が口を出すな！」

だが、メアリも負けていない。「だってこれ、女の問題でしょ。コールガールをいちいち引き取っていたら切りがないわよ。うちは売春宿やるわけでも、慈善事業を始めるわけでもないんだから」

ジョーはテーブルを叩いた。「そんなことはわかっている！」

メアリは幸子に憎々しげな視線を投げかける。「じゃあ、どうして、この女の面倒をみるの？　この女がニッポン人だからでしょ。あんたはいつまでもニッポン人にこだわりすぎるのよ」

かぶりを振るジョー。「そんなことはない」

「いいえ、あなたはいつも『俺はアメリカ人だ』って言っているくせに、集めた子分は全部、日系の東洋人じゃない。今度は日系の娼婦まで集めるの？　ほんとにもううんざりよ」

「いい加減にしないか！」

ジョーはメアリの両肩を掴み、メアリを黙らせようとするが、メアリはジョーの手を振り払おうとする。「離して、離してよ！」と抗《あらが》うメアリの頬をジョーは平手で張った。「先に家に帰ってろ！」

メアリは頬を押さえながらざらついた憎悪の目をジョーに向けた。「やったわね」

幸子に一瞥をくれるとメアリは黙ったままエントランスへと向かった。幸子が心配そうにジョーを見る。「すみません。わたしのせいで……」

ジョーはふうと溜め息をついた。「ああ、気にするな。あいつ、ちょっと情緒不安定なんだ。悪いやつじゃないから」

エディが頭を掻きながら言った。「そろそろお開きにしようじゃないか。幸子さん、ソファを使いな。冷蔵庫にジュースとミルクがあるから、好きなだけ飲めばいい」

「ありがとうございます」

「レコードをかけておくからリラックスするといい」

ジョーも頷く。「今夜はゆっくり休みな。今後のことは明日相談しよう」

幸子は「お世話になります」とジョーたちに深々と頭を下げた。

ヤンギと礼子も「おやすみ」と幸子に声をかけ、ジョー、エディと共に「CABARET　MONTANA」を出た。


深夜、レコードを聴きながら幸子はソファで横になっていた。かすかに窓ガラスの割れる音がしたが、レコードの音で掻き消えてしまう。うとうととする幸子に近づく三つの影があった。幸子が影に気がついたときには、それはほんの数メートル先に近づいていた。「あっ」と声を上げた瞬間、幸子は鳩尾《みぞおち》に当て身をくらい気を失ってしまう。三つの影は幸子の体を抱えて店の裏口へと向かう。人のいなくなった「CABARET　MONTANA」の店内にはビリー・ホリディの歌う「イエスタデイズ」の哀しい旋律が響くだけであった。

再会

　ミシガン湖は世界で五番目の広さを持つ淡水湖で、その一帯には国立公園や州立公園、国有林があり、美しい砂浜は保養地としても使われていた。湖の南端にある大都市シカゴからの行楽客で賑わうのだが、美しい自然とは裏腹に男たちの欲望を満たす娼婦の館もあちこちに点在していた。

　その一つである「フジヤマ」は和風の女郎屋として知られていた。小柄で従順なアジア系の女性たちのサービスが自己顕示欲の塊でありながら、生意気で傲慢《ごうまん》な白人女にはまるっきり頭の上がらぬ男たちの間で人気を呼んでいた。

　その夜も各部屋では客の男たちの哄笑《こうしょう》と娼婦たちの喘《あえ》ぎ、刹那の官能と哀しみが入り混じった倒錯した時間が過ぎようとしていた。

　いつもなら男たちはアジア系女性の細やかなサービスに満足して館を出るのだが、そうでない不運にめぐり合わせる男もたまにはいる。娼婦も人間である。いつも従順でいられるわけではない。彼女たちのほとんどは心に傷があり、その傷が深くならないように従順な態度を装っているだけである。その本性がなにかの拍子であらわれることがある。

接客室の一室で「ギャア！」という悲鳴が上がった。客の白人男が娼婦に耳を噛みつかれたのだ。部屋を飛び出してきた男を追いかける娼婦。その手にはカミソリが握られていた。男は半裸のままフロントの前を駆けて、外に逃げ出していった。

娼婦は般若のような形相で逃げていく男の後ろ姿を睨んでいた。「意気地なしのくせに」

フロントから肩を怒らせた男たちがソロゾロと現れる。フジヤマの支配人と従業員たちである。

「どうした、そのカミソリは。まさか客を切ったのか」と支配人が訊く。

娼婦の目は落ち着きを取り戻していたが、まだ怒りは収まりきっていなかった。

「噛みついただけ。切らなかったよ」

「相手は客だぞ」

娼婦はふんと鼻を鳴らす。「どうせ、前金もらってるんだろう」

「なにがあったんだ？　またジャップの悪口を聞いたのか？」

無言のまま宙を睨む娼婦。

「なんて言われた？」

「……四四二のジャップ、殺人鬼だって」

支配人はふうと溜め息をつく。「当たってるだろう。そんなことで怒る馬鹿がいるか。だいたいおまえ、本当はチャンコロだろうが。死んだ日本人のことなんか忘れて真面目に商売しろ」

女はキッと支配人に一瞥をくれると、そのまま部屋に戻ろうとする。

「いいか、おまえが客とトラブルを起こすのはこれで三度目だ。店の評判が落ちるんだよ」

「そんなこと知るか」と娼婦は吐き捨てるように言う。

支配人の表情が強張《こわば》る。「なんだ、その態度は。おまえ調子に乗り過ぎだ。教育してやる」

支配人は部下に「おい、鞭を持ってこい。それと昨日逃げ出したあの女も連れてこい」と命じた。

部下たちはすぐに動き始めた。支配人はニヤリと下卑た笑いを浮かべる。「それから手の空いている女たちを全員集めろ。これから公開処刑だ」

「処刑」と聞き、顔色を変えた娼婦はとっさに反撃に出た。カミソリを握り直し、支配人に切りかかる。だが、簡単に腕を捻られてカミソリを奪われてしまう。

「これからする仕置きはなぁ、昔からアメリカでご主人様が奴隷たちにやってきた仕置きだ。顔には傷はつけねえ。商売ができなくなるようにはしないから安心しろ」

娼婦の腕が店の柱にロープで括《くく》られる。背中を支配人に向けたまま、身動きがとれなくなる。

部下が店の奥から女を連れてきた。支配人の前に放り出される。

「幸子、おまえ、よくも逃げ出してくれたな。前借りの借金を踏み倒して逃げ出すなんざ、泥棒以下の犯罪だぞ」

床に這《は》いつくばりながら狼狽《ろうばい》した表情を浮かべる幸子。

「わかってるのか！」と怒鳴る支配人。

店の女郎たちも集められた。みんな一様に蒼白である。

「よし、ギャラリーも揃ったな。俺に逆らうとどういう目に遭うか、よーく見ておけ」

　支配人が手にした鞭が大きくしなる。鞭はビュッと空気を切る音を立ててロープで縛られた娼婦の背中を打つ。娼婦は歯を食いしばって耐える。支配人の腕はとまらない。二回、三回と鞭は空気を切る音を立てて、娼婦の背中を打つ。娼婦はこらえきれずに悲鳴を上げた。鞭を振るう手はとまらず、ついに娼婦は腰砕けとなり力なく柱にぶら下がった体勢となる。

　店の女たちが目を覆う中で、幸子は意を決して声を上げた。「やめてください。もうやめて」

　支配人は床に唾を吐いた。「まだおまえの出番じゃねえ。引っ込んでろ」

　鞭はさらに空気を切った。やがて娼婦の悲鳴も枯れてしまう。

「ほら！　なんとか言ってみろ。もう逆らいませんと言って謝るまで続けるぞ」

　見るにたえなくなった幸子は柱に縛られた娼婦の前に立った。

「お願いですから、もうこの子は許してやってください。死んでしまいます」

　支配人は薄ら笑いを浮かべながら幸子を見る。「なんだ、おまえ。このチャンコロ女の身代わりになろうってのか」

幸子は怯《おび》えながらも支配人の目をじっと見据えた。

「返事くらいしろよ。その女を助けたいのかって聞いてるんだ」

幸子は震えながらも決心したように大きく頷く。

支配人は高らかに笑った。「こいつは面白くなってきたぞ。おい、幸子も縛り上げろ」

すると気を取り戻した娼婦が力なく声を上げた。「まだだ……もっと……」

支配人は首を捻る。「なんだ。よく聞こえないが」

「もっとやれって言ってるんだよ。このゲス野郎ぉ」

支配人はギラリと娼婦を睨む。「なんだと。まだ反省が足りないようだ」

支配人は部下に「女の着物をひんむけ」と命じた。

着物を剥ぎとられて素肌を晒《さら》した背中は既に皮膚が破れていた。幾筋もの血が流れている。集められた女たちが「ヒッ」と息をもらす。支配人は容赦なく鞭を振るう。

やがて娼婦は失神したのだろう。声も上げずに項垂《うなだ》れたまま、鞭が当たるたびに体を揺らしていた。

そのときガシャンという大きな音がフジヤマの店内に響いた。エントランスのドアが蹴破れた音であった。七人の男たちが雪崩《なだ》れ込んで来た。モンタナ・ファミリーであった。切り込み隊長のスマイリー山田を先頭にモンタナ七人衆がフジヤマの従業員たちに襲いかかった。素手の勝負では彼らにかなうわけがない。モンタナジョーとエディ篠塚は最強部隊と謳《うた》われた四四二連隊の生き残りである。さらに怪力のスマイリー山田、二本ナイフを変幻自在に操《あやつ》るロペス宮本、琉球空手の達人であるマイク伊波と強者揃いだ。床にはフジヤマの従業員たちが血を流しながら転がっていく。劣勢に立ったフジヤマの支配人は懐からピストルを取り出して発砲した。六発すべてを撃ち尽くすと支配人は勝ち誇ったかのようにニタリと笑う。傷を負ったマイクとビース豊臣が床に膝をついていた。支配人は新たな弾を弾倉に装填《そうてん》する。

マイクとビースの前にスッと立った男がいた。不敵な笑いを浮かべたジョーであった。

「なんだよ、鉄砲の森さんじゃねえか」

フジヤマの支配人はかつてサンフランシスコの日本人街郊外のリバーサイドでジョーたちを警察に売った〝鉄砲の森〟であった。森は突然乱入してきたジョーに憎々しげな眼差しを向けた。「久しぶりだな。おまえ、近頃はモンタナジョーだなんて呼ばれて、ずいぶん羽振りがいいみてえじゃねえか」

「ずいぶんアコギな女郎屋があるって聞いたが、あんたの店ってわけかい」

「ここはシカゴ一のマフィア、ジェス・バンビーノの店だ。俺は雇われ支配人ってわけだ。おまえの店のケツ持ちはたしか、レイモンド・パトリアルカだったな」

ジョーは両手を上に広げてみせる。「冗談じゃねえ。俺の店は俺の店だ」

「馬鹿野郎。マフィアのバックなしでジャップがシカゴで店を出せるわけがねえだろうが！　いいか、シカゴのマフィアはな、全員アル・カポネの流れだ。バンビーノはカポネの部下だったマガディーノからお墨付きをもらったファミリーだぜ。舐めんなよ」

「……なるほど。だが、俺はな、てめえが日系のくせに、同じ日系をジャップとか呼んでる野郎が大嫌いでな。落とし前つけるぞ」

ジョーは「おまえたちは手を出すな」とエディたちに命じると、懐からナイフを取り出した。

ナイフの切っ先は森の胸を狙い、森の拳銃はジョーの頭に狙いを定めていた。対峙する二人の間の空気がビリビリと震えだす。その緊迫した空気はその場に居合わせたものの皮膚を粟立たせた。

森の引鉄《ひきがね》にかかった指が動くのをジョーは見逃さなかった。その場でしゃがみ込むのと同時にナイフを投げた。

森の弾丸はジョーの頭をかすめ、ジョーのナイフは森の胸に刺さった。

「うわっ」という声と共に仰向けに倒れた森に素早く走り寄ったジョーは森の体に馬乗りになると、刺さっているナイフを手に力を込めた。「うおおお……」という森の断末魔がフジヤマの店内に響く。森は苦しそうに息をつきながらジョーを睨む。小声でなにかを発すると、そのまま絶命した。

ジョーは森の体からナイフを抜いて、ナイフにべっとりとついた血をナプキンで拭った。

「こいつ、今なんか言ったか?」

「たしか、この寝盗られ野郎が……」と話し出すトニーの腕をスマイリーが慌てて掴《つか》んだ。「トニー、おまえ、怪我しているじゃないか」

いきなりスマイリーに掴まれたトニーは何事かと慌てる。「怪我なんかしてないよ」

「いや、頭から血が出てる。手当てしないとな。こっちへ来い」

ジョーは首を捻りながらトニーとスマイリーを見た。ほかの仲間たちは森の死体の始末を始めていた。

店の隅で怯えながら身を寄せていた五人の女たちに声をかける。「みんな、かまわねえから、ここから出ていきな」

しかし、女たちの顔に喜びはない。寄る辺なき身の上の哀しさである。不安そうにジョーを見上げる。

「ありがとうございます。でも……わたしたちには帰る家がありません」

「そうか……」とジョーは考え込む。「……そうだな、帰る家がない人はよかったらシカゴのうちの店に来な。うちはキャバレーとカジノの店だが、売春と麻薬にだけは手を出さないから。それでよければ来るがいい」

「働かせてくれるのですか?」

ジョーはにこりと笑った。「いいよ」

女たちは喜びの声を上げる。「ありがとうございます」

森の死体を車のトランクに積んだエディたちが戻ってきた。

マイクが「みんな急げ！　サツが来る前に引き揚げるぞ」と急《せ》かす。

女たちは荷物を取りに部屋に戻ろうとするが、スマイリーがとめる。「急ぐんだ。荷物はあとで俺たちがなんとかするから」

森の弾を食らったビースの傷は思った以上に深かったようだ。マイクがビースに肩を貸して外を連れ出す。

娼婦の一人がジョーに告げる。「もう一人、頭のおかしな人が奥にいます。いちばんの古株だけど誰とも話さない人です」

それを聞いたジョーはホビーを奥の部屋に走らせる。

「あの二人の女も連れていくぞ。すぐに医者を呼んでくれ」とジョー。その視線の先には森に鞭で打たれた娼婦と幸子がいた。

エディが幸子に駆け寄る。「もう大丈夫だ。まさかさらわれるなんて。一人にしたのが悪かった。許してくれ」

エディの顔を見て頬を緩《ゆる》める幸子。「そんな許してくれだなんて」と深々と頭を下げる。

ジョーは柱に縛られている娼婦の縄をほどいた。俯《うつむ》いていた女の横顔を見てジョーは驚きの声を上げた。「エミリ……。エミリじゃないか！」

娼婦はジョーのバディだったトビー篠塚の恋人エミリであった。エミリはジョーの顔を上目遣いで見て慌てた。よろけながらもなんとか自力で立ち上がり、逃げようとする。しかし、エディがエミリの腕をとった。「エミリか⁉」

ジョーとエディの間でエミリは跪《ひざまず》き、泣きながら詫び始める。

「ごめんなさい。すみません。ごめんなさい。アタシ、エミリです。トビーさんのオンナだった、エミリです。でも、もう昔のエミリと違うヒト。もうトビーさんのオンナじゃない。いろんなヒトのオンナ。もう昔のエミリじゃない。ごめんなさい、ごめんなさい……」

エディが大粒の涙で床を濡らすエミリの前にしゃがみ込む。「もういいよ。みんないろんなことがあったんだよ」

ジョーもエミリの肩に手を添える。「さあ、帰るぞ。一緒に家に帰ろう」

エミリはロペスに支えられながら店の外へ歩き始めた。

ホビーが女を連れて戻ってきた。赤い長襦袢《ながじゅばん》を着た白髪交じりの女である。白粉《おしろい》を塗ってはいるが、肌のかさつきは隠せなかった。おそらく悪い病に侵されているのだろう。
虚ろな目で日本語の歌を口ずさんでいる。

♪わたしゃ　来ました　波乗り越えて
はるかはるか　幾千里
ここは地の果て　波の葉て
カナダおろしの　冷たい風に
涙こらえて　幾年か　積もる苦労は重くとも
あとに残した　愛し子の
笑顔見たなりゃ　忘らりょか

女の足取りはふらふらとおぼつかない。
しかし、ジョーは女の一挙手一投足から目を離せなかった。
エディが娼婦の一人に訊く。「あれは?」
「あの人は、ずっと前からここにいる人です。でも誰とも話さない。頭が変だと言われている人です」と娼婦が答える。

ロペスが「みんな用意ができたそうです」と告げて、エディもジョーに「じゃあ、そろそろ引き揚げよう」と促す。ロペスが日本語の歌を口ずさむ女を連れ出そうとするのをジョーがとめた。

「その人は俺があとから連れていく」

ホビーは戸惑いの目をジョーに向ける。「いいんですか？」

「いろいろ聞いておきたいことがあるんだ」

「でも、この人、話ができないかもしれませんよ。気をつけてください。脳梅毒かもしれない」

ジョーの肩が震えていた。そのただならぬ様子にエディは、ここはジョーに任せるべきだと判断した。「じゃあ、行くぞ。女たちはうちの車に乗せろ。俺たちはタクシーに分乗だ」

♪わたしゃ　来ました　波乗り越えて
はるかはるか　幾千里

その歌がジョーの記憶を呼び起こしていた。母がよく歌っていた歌である。

ジョーは唾《つば》を飲み込んだ。眼前が涙で霞む。「かあさん……かあさん！」

女の歌声がやんだ。

「かあさん、俺だよ、ジョー」

女はジョーの言葉を反芻《はんすう》するように口にする。「ジョー……ジョー……」

「衛藤ジョー。あんたの息子のジョーだよ。あれからずいぶん捜したんだよ。俺、家を出てからずっとかあさんを捜し歩いた」

だが、女は空洞のような目をしたまま、「ジョー」と繰り返すばかりであった。

「そうだよ、ジョーだよ。かあさん、あんたの名前は衛藤あかね。やっと会えたよ、かあさん」

ジョーから「かあさん」と告げられた女だったが、その表情は能面をつけたように変化はなく、ジョーに深々と頭を垂れた。かすれた声で呟く。「お世話になっております」

ジョーは面喰う。

「お客さんのお顔はいちいち覚えないようにしてるんですよ」

ジョーは呆然としてあかねを見つめた。「嘘だろ……」

「ご無礼なのは承知の上なんですけどね、そのほうがいいんです」

ジョーは慌ててあかねの両肩を手で掴んだ。「ねえ、かあさん、本当に、本当に思い出せないの？　俺、ジョーだよ。あんたの息子のジョーだよ！」

女はジョーの手を振り払る。「旦那さん、人違いですよ」

ジョーの顔は蒼白となり、かつて感じたことのない焦燥感に駆られて体が打ち震えた。ジョーは無理矢理、あかねを外に連れ出そうとする。「とにかく一緒に行こう。こっちだ、ね」

ところがあかねは頑《かたく》なに拒否し、その場を動かない。しまいには声を荒げた。「いいえ！　いいんです。わたしはどこへも行きません！」

ジョーはあかねを懸命になだめる。すがるように声にも湿り気を帯びていた。「だめだよ。俺、シカゴに家があるんだ。そこで一緒に暮らそう。嫁もいる。白人だけど、とてもいいやつなんだ。俺、大きな店も持ってるんだよ。かあさんには身の回りの世話をするメイドをつけてあげる。さあ、行こう、かあさん」

しかし、あかねはその場所から動こうとしなかった。「いいんです！」と大声を上げて、天井を見据える。

ジョーの目からこらえていた涙がこぼれる。「かあさん、俺……自分のせいでかあさんをこんな目に遭わせてしまった。ねえ、かあさん、本当にごめん。ごめんよ、かあさん。かあさんを助けたい。かあさんを幸せにしたい」

あかねは天井をじっと見据えたまま動かない。しかし、「ありがとう」と囁《ささや》くように口にした。その横顔に涙が伝って落ちる。

「思い出してくれたかい。かあさん、思い出してくれたんだね」

「ジョー……」

天井を仰いだままの母を抱きしめるジョー。

ジョーの抱擁を両手で解いた母は、ようやくジョーの顔を直視して「ジョー」と呼びかけた。

「なに？　かあさん」

「立派になったねえ。……許して。……かあさんを許して」

「なに言ってるんだよ。許してほしいのはこっちのほうだよ。さあ、かあさん、行こうか」

あかねはジョーの肩に手を添えると、「アハハハ……」と大仰に笑い始めた。それは、やがて泣き笑いになっていった。肩に添えた手を今度はジョーの頬を包み込むようにして指でなぞっていく。それは大人になったジョーの顔を確かめるかのような動きでもあった。あかねの手はとても冷たかった。

やがて、あかねは「荷物を取って来るね」とジョーに告げた。

「じゃあ、ここで待っているよ」

あかねはジョーの顔を見ながら、ゆっくりと後退りするように闇の中に消えていった。

ジョーは待ち続けた。一九三五（昭和十）年、十六歳のときに連れ去られてから十五年が過ぎている。あとわずか、ほんの数分の辛抱である。

誰もいなくなったフジヤマの館にどこからともなく冷たい空気が流れ込んできた。いつの間にか窓の外で粉雪が舞っていた。ジョーの頭の中には〝悔恨〟という雪がずっと降り続けていた。積もり積もった雪は今ようやく融けるのである。

だが、ハッと気づいてジョーはあかねのいる部屋へ駆け出した。

そこにはきれいに畳まれた寝具が部屋の片隅に置いてあるだけで、あかねの姿はなかった。ジョーは館の裏口を探した。そして裏口を見つけるが、ドアは開いたままで、外から雪が吹き込んでいた。ジョーは外に駆け出て「かあさん！」と叫ぶが、雪の舞う闇の中から返事はない。ふとあの歌が頭をよぎる。

♪あとに残した　愛し子の
　笑顔見たなりゃ　忘らりょか

ジョーはもう一度「かあさん！」と白い闇に向かって叫んだ。

対決前夜

開店前のひっそりとした「CABARET　MONTANA（キャバレー・モンタナ）」のロビー。ジョーとエミリがテーブルを挟んでいた。ジョーは「フジヤマ」にいた古株の女が自分の母親であったことをエミリに告げた。悲しそうに頷くエミリにジョーは新たな誓いを立てるように言った。「俺は諦《あきら》めない。捜し続けるよ」

ジョーは心の中で目には見えない透き通った血を流していた。その血はじわじわと滲み出て、とまることがない。大切な人を失った気持ちはエミリには痛いほどわかった。「早く見つかるといいね」

ジョーがエミリに訊いた。「トビーのことは……聞かなくていいのかい？」

エミリは首を振る。「もういいの。トビーさんの最後のことはジョーさんたちにだってわからないでしょ」

ジョーは頷く。「激戦だったんだ」

「遺骨も届かないんだよ」

「でも、その日までは、いつもエミリの話をしていた」

エミリは微笑みながら訊いた。「戦争が終わったらエミリと結婚するんだって？」

「そうだ」

「子どもは三人。英語が完全に話せるように育てるんだって？」

「言ってた、言ってた」

エミリはジョーの顔をまじまじと見つめた。「トビーさんとはね、今でもよく会うんだよ。会っていろんな話をするの」

ジョーは首を傾げる。「それは……夢の中でか」

「夢とか、時々昼間もあるよ。アタシね、死のうと思ったんだ。トビーさんが戦死したって聞いたときはね、まだはっきり死のうとは思わなかったんだけど、あのお店で働くようになってから……いろんな人に抱かれるたびに、トビーさんのことを思い出して、毎日毎日いろんな人が来るのに、トビーさんだけはやって来なくて。悲しくて、寂しくて、もう死んじゃおうと思って。包丁で手首切ろうとしたとき、トビーさんが出てきたの」

「そうか……彼はなんて？」

「はっきり喋るわけじゃないんだけど、『やめろ』って、やさしく言うの。微笑んで」

「あいつらしいや。……今でも出てくるのかい？」

「それがこのところさっぱりなのよ。会いたいなぁ」

エミリは寂しそうに笑う。ジョーにはエミリを励ます言葉が見つからなかった。できることといったら、これからも見守り続けていくことくらいだ。それでもエミリはもうこれで大丈夫だろうとジョーは思った。メアリを救ったのは自分ではない。トビーなのだと気づいたのだ。

エミリの儚《はかな》げな笑顔を見ていたジョーだが、ふと愛する妻の顔が浮かび、表情を曇らせた。「俺、ちょっと家に戻るよ。夕べから女房が……メアリが家に帰らないんだ」

エミリは眉をひそめる。

「たぶん、もう戻ってると思うけど。……見てくる」と言ってジョーは席を立った。

「わかった。アタシ、ここにいてお店の開店準備手伝うよ」

まだトビーを喪った悲しみからは完全に立ち直れていないだろうに、空元気を出そうとしているエミリの姿がジョーには微笑ましかった。「おお。よろしくな」

ジョーの去ったロビーでエミリは一人呟く。

「トビーさん、アタシ、もう大丈夫。ジョーさんたちのお陰で助かった。もう誰にもアタシの体、自由にさせない。またトビーさん一人のものだよ。ねえ、トビーさん、会いたいよ。とっても、会いたい」

人気のいない店のロビーでエミリは人の声を聞いたような気がした。いや、それは現実に誰かが囁《ささや》いたのだ。その誰かは間違いなくトビー篠塚である。

「そこにいるの？　トビーさん。トビーさん、アタシもうあなただけのものだよ」

――ありがとう。だけど、それは違うよ。エミリ。

「でも、もうお客とらなくていいの。だから、アタシ、トビーさんだけのオンナになった」

――だけど、僕はもう来ないよ。

「だめ。だめだよ、トビーさん」

――君はもう大丈夫。これから君は新しい人生を歩くんだ。僕のことは昔の思い出にして、誰かを愛して幸せを探すんだ。

「いやだ。ダメ。そんこと言っちゃイヤだ！」

――僕がいる限り、君は新しい幸せを掴《つか》むことができない。

「新しい幸せなんていらない。トビーさんだけいればいい」

――でも、僕はもういない人なんだ。わかるね。いない人なんだよ。さようなら、エミリ。君にこんなに愛された僕の人生は成功だった。僕は戦場での勝負には負けたけど、人生には勝利した。ありがとう、エミリ。君の幸せだけを祈っている。さようなら、エミリ。永遠に……。

消えていくトビーの気配。エミリはその場に立ちすくむ。トビーの言葉を何度も頭の中で反芻《はんすう》し、記憶に刻む。――トビーさんがアタシに会いに来てくれた。トビーさんは死んでからもアタシを愛してくれている。いや、トビーさんは死んでいない。アタシの中でずっとずっと生きていく……。

エミリは今までなかった光を目に宿した。「さ、やるか」と気合も新たに店の掃除にとりかかった。


エディ上原が幸子を伴って「CABARET　MONTANA」に現れる。エディは鼻歌交じりで上機嫌だ。

「おお、エミリ、早いな」

「うん。働かなくちゃね」

「やけに張り切ってるな。なにかいいことがあったのか？」

「なにもありません。ちょうどよかった。留守番しててくれる。アタシ買い出し行ってくる」

エミリはエディに箒を渡した。

「いいけど……ジョーは？」

「うん、今、家帰ってる。奥さん、戻らないんだって」

そのまま風のようにサッと店を出ていくエミリの後ろ姿をエディは怪訝《けげん》な表情で見ていた。

トビーの隣で幸子がにこりと微笑んだ。あんなふうに溌剌《はつらつ》としたエミリを「フジヤマ」では見たことがなかった。幸子はエディが手にした箒を見て、「わたしもなにか手伝わなきゃ……」と言うが、エディは「いや、まだ早すぎるよ。ここに座って」と幸子にテーブルに着かせると冷蔵庫からジュースを出してきた。

ジュースで喉を潤した二人の間には仄《ほの》かな温もりがあった。

「俺も一度行ってみたいな。横浜」

幸子は嬉しそうに頷く。「戦争の前はきれいな街だったのよ。煉瓦《レンガ》造りの洋館が多くて。港の見える丘からは外国の船がたくさん見えるの。空襲でほとんど焼かれちゃったけれど……」

「空襲って？」

「空から爆弾が降ってきて街を焼いちゃうの」

「焼いちゃうって、それじゃ街の人たちが焼かれちゃうのかい？」

「そう。焼夷弾って言ってね。街の外側にガソリンをまいて火をつけて逃げ出せないようにしてから、その燃えている火の中の住人を焼き殺したの。川には水を求めた人たちの死体が溢れていた」

エディは驚いて立ち上がる。「それって一般人？」

「もちろん。戦争で男の人は兵隊にとられていたから、女、子供、年寄りばかり」

「横浜だけ？」

幸子は首を横に振る。「都会という都会は日本中全部。東京大空襲では一晩で十万人の市民が焼き殺されたわ。そのうえ、広島と長崎には原子爆弾という、もっとすごい爆弾を落としてます」

「それだめ！」とエディは怒りをあらわにする。「ひどいです。非戦闘員を虐殺するのは、いちばんひどい戦争犯罪！　アメリカ軍がそんなことをしたなんて信じられない」

幸子は目を伏せて囁くように言った。「……でも、したの」

エディは拳でテーブルを叩いた。「僕たち日系人の四四二連隊はアメリカ史上最強といわれた軍隊。でも民間人に手を出したことは一度もなかった」

「本当に？」

「本当だよ。味方にどんな犠牲が出ても」

エディの言葉に幸子はにっこりと笑った。「そう。よかった」

エディはその場で直立不動の姿勢をとる。「幸子さん」

幸子は驚いて席を立った。「なに？　あらたまって」

「僕は合衆国陸軍軍人として、その空襲をあなたにお詫びします」

幸子は深々と頭を下げるエディをまじまじと見つめる。「そんな……いいのよ。誰が悪いわけじゃない。戦争が悪いの」

エディは幸子の眼差しに耐えられなくなる。目を伏せて「そうじゃない。戦争が悪いの一言では片付けられないです」と答えた。

「でも……そう考えるのがわたしたち日本人の普通の考え方なの。……恨みっこなし」

「それは……僕は違うな。このことに関しては絶対にアメリカ軍が悪い！」

幸子は微笑む。「ありがとう。エディさんはやさしいですね」

「いや……」と照れくさそうにエディは頭を掻く。「僕はあなたのいう日本人の普通の考え方というのは間違っていると思います。でも、『恨みっこなし』と言えてしまう幸子さんが……好きです」

「日本は昔から天変地異が多い土地だったせいかな。日本人はなんでも水に流して忘れようとするの。きれいさっぱり」

「水に流す？」

「そう……だからきっと戦後の復興も早いと思う。戦前のようなきれいな日本が見てみたいな」

遠い目でかつての風景を思い浮かべる幸子を見ていてエディはいたたまれなくなった。「幸子さん、水に流してください」

「え？」

「前のことも、フジヤマで働いていたことも、きれいさっぱり水に流して忘れてください」

俯《うつむ》く幸子にエディは「僕の目を見て」と告げる。

「はい」

幸子の手を取り、包み込むように握るエディ。「これからは僕だけを見て。そして、いつかニッポンを旅行しよう」

「ありがとう……」と幸子は涙ぐむ。そのままエディをじっと見つめるが、やがて首を左右に振って、エディに背を向けた。「でも……あなたは水に流せないと思う。わたしの過去を」

「そんなことはない」

「だって、わたしは……」

「約束する。僕は、僕は必ず君を……」

エディは幸子を背後から抱きしめようとするが、そのとき「ただいま！」というエミリの元気な声がエントランスで響いた。エディは慌てて幸子から離れる。店の中に入って来たエミリはエディと幸子を見て、そのあやしげな気配に「ふぅん」と声をもらした。

慌てたのはエディである。モンタナ・ファミリーのアンダーボスであるエディは度胸は据わっているが、恋愛沙汰はからっきし弱かった。いつもの冷静さを失い狼狽《ろうばい》するエディを「説明しなくていいよ。見ればわかるから」と、エミりは茶化した。

エディは「ああ、いや、これは……」とますます焦るが、その姿を面白がったエミリは「恋の芽生え！」とさらに冷やかす。

エディは頭を掻きながら「そういうことになれば……いいんだけどな」と幸子をチラリと見て独りごちた。


エミリとエディ、そして幸子の陽気な声が飛び交う「CABARET MONTANA」のロビーにジョーが駆け込んできた。ヤンギ北村と妹の礼子も一緒である。エミリは喜々としてジョーに駆け寄り、「ハーイ、ジョー。あのね、この二人ね……」と話しかけるが、ジョーに手で遮られてしまう。

ジョーの表情が店を出る前とは一変していた。血相を変え、眉間には深い縦ジワが刻まれている。何事にも動じることがないジョーにしては珍しいことであった。慌てて駆け寄ってきたエディにジョーは訊いた。

「おい、どこかから連絡はなかったか？　どうやらメアリが……」

言い終わらぬうちにリリンと電話の呼び鈴が鳴る。すかさずジョーは受話器をとる。

「はい、モンタナ」と話し始めるが、ジョーの顔色はさらに蒼白となる。黙って受話器を耳に当てていたが、やがて怒りをあらわにする。「だったらメアリを出せ。……いいからメアリを電話に出せ！　……メアリか、大丈夫なんだろうな。怪我はないな？　メアリ……メアリ」

一方的に電話を切られたジョーは受話器を握ったまま呆然と立ちすくむ。

ヤンギが訊く。「どうしたんだ？」

「バンビーノのやつらがメアリをさらったんだ。ふざけやがって」

忌々《いまいま》しげに唇を噛むジョー。

「それでやつらはどうしろと？」とヤンギ。

「この店の権利と、森の店にいた女たち全員の返還、そして五百万ドルの損害賠償を寄越せと言ってる」

腕組みをして考え込んだエディが「交渉の余地は賠償金の額を少し下げてもらうくらいしかなさそうだな」と言うが、ジョーの目は怒りに燃えていた。「やるしかねえ。バンビーノのタマをとるしかねえ」

アンダーボスとして冷静に徹しようとするエディは躊躇《ためら》いが拭えない。「しかしな、メアリを押さえられているからな」

「CABARET　MONTANA」のロビーがしんと静まり返る。その沈黙を破ったのはヤンギであった。ヤンギの目はジョーと同じように怒りをあらわにしていた。

「よし、俺が行こう。俺はみんなのファミリーじゃねえから面が割れてねえ。バンビーノのやっているカジノやキャバレーで情報を集めて、なんとかメアリを救い出してみせる」

ヤンギは腰に隠し持った拳銃を取り出し、素早く弾倉を確認する。

「アタシも行く！」とエミリも声を上げた。「中国人の旅行者夫婦ということにしたほうが警戒されない。アタシ、ジョーさんに恩返しする」

ジョーに向かって微笑みながらエミリはヤンギの腕をとる。ヤンギも強く頷いた。

死闘

ヤンギとエミリは周到な準備をして敵の動きを探った。やがてバンビーノの屋敷に忍び込み、メアリを連れ出そうとするが、思いも寄らない事態が二人を待ち受けていた。

暗闇の中でメアリが声を荒げた。「ちょっとどういうことよ!」

ヤンギは周囲をうかがいながら「静かに。大きな声を上げないで」とメアリを諫《いさ》める。

「助けに来たのよ」とエミリがメアリに告げるが、メアリは「あなたたち誰なの?」と頑《かたく》なであった。「東洋人のようだけどモンタナ・ファミリーの人じゃないわよね」

「俺はヤンギ。あんたとは一度会っている。行くぞ」

「どこに行くの」

ヤンギは驚いたようにメアリを見る。「ジョーのところだよ」

「嘘でしょ」

「嘘じゃない。安心しろ。行くぞ」

エミリがメアリの手を引くが、メアリはエミリの手を振り払った。

「嫌よ！」

エミリは唖然として「どうして？」と訊き返す。

「行きたくない。帰りたくないの」

「ジョーを嫌いになったの？」

「嫌いっていうか……モンタナ・ファミリーができてから家の中も、お店も東洋人だらけで、わたしもう嫌なの」

ヤンギは「なるほど」と頷く。「やはりそういうことか。あんたジョーを裏切ってレイモンド・パトリアルカとできたな」

メアリの表情がみるみる強張《こわば》る。

エミリも思いがけないヤンギの言葉に首を捻る。「でも、レイモンドって味方でしょ。ニューヨークのカルロ・ガンビーノのアンダーボスで、ジョーさんの味方だって……」

ヤンギはふんと鼻を鳴らした。「ところがそのレイモンドはニューヨークのボスを裏切って、今やシカゴのジェス・バンビーノに取り入ろうとしている」

メアリは目を丸くしてヤンギを見た。「なんで、そんなこと知ってるの？」「蛇《じゃ》の道は蛇って言ってな」とヤンギは怪しげな笑いを浮かべる。そしてメアリに蔑《さげす》みの目を向けて言い放った。「どうだ、図星だろ！」

メアリは口ごもる。「そんなの……なにからなにまで嘘っぱちよ」

「わかった。それならきっちりかたをつけよう。ジョーのとこへ行くぞ」

メアリを無理矢理連れ出そうとするが、メアリは抵抗する。「嫌よ！　やめて。誰か助けて。誰か！」

「静かに！」とヤンギはメアリの口を手で塞《ふさ》ごうとするが、メアリはその手を振り払い「助けて！　誰か！」と大声で連呼する。気が違ったかのような剣幕にはヤンギもエミリもなす術《すべ》が見つからなかった。まさかここでメアリを殺すわけにはいかない。ヤンギは当て身を食らわせてメアリを黙らせようとした。だが、用心棒らしき男たちが現れたため、メアリを連れ出すのは断念してバンビーノの屋敷から逃げ出した。

ヤンギとエミリからの報告を聞いたジョーはシカゴの帝王バンビーノ一家との全面戦争を決意した。だが、戦いはバンビーノのほうから先に仕かけてきた。それは喧嘩ではないテロのようなものだった。日常の隙を狙った暗殺には対処のしようはなかった。

最初の犠牲者はエディ上原だった。幸子と深夜のデートを楽しんでいたエディが三人の刺客に狙われる。暗殺者は突然現れて問答無用に二人を銃撃した。エディはとっさに幸子をかばい彼女に覆いかぶさったまま五発の弾を浴びた。

幸子の悲鳴と叫び声が夜の公園に響いた。「エディさん！　エディさん、死なないで。エディさん！　お願いよ、わたし、なにもかも水に流すから、ねえ、お願いよ」

幸子の膝はエディの生温かい血で濡れていく。幸子にはその血をとめようがなかった。

そして次の犠牲者はエミリ。

モンタナ・ファミリーはドアを外からノックされてもすぐには開けない、そしてド

ア の前には立たない。必ず相手の正体がわかってから開けるのを不文律としていた。だが、新参者のエミリはそれを怠《おこた》った。ジョーの家にいたエミリはノックを聞き、すぐにドアへと向かった。相手がヤンギだと思ったのだ。

ドアのノブに手をかけた瞬間であった。ジョーが「危ない！ そこから離れて」と叫ぶのと同時にドアの外からマシンガンが火を吹き、エミリの体が飛ばされた。ジョーがエミリに駆け寄るが、胸からおびただしい血を流していた。ジョーは傷口を手で押さえるが血はとまらない。エミリはジョーの腕の中で呻《うめ》くばかりで、瞬《また》く間に顔色を失っていった。エミリはジョーの顔を虚ろな目で見ながら「トビーさん……」と微笑んだ。黒目が大きかったエミリだが、やがてその目は虚空を見たまま動かなくなってしまった。

「CABARET　MONTANA（キャバレー・モンタナ）」は物々しい空気で包まれていた。

ジョーは眉間に険しい筋を立てていた。肩から腕、指先にかけて小刻みに震える。ジョーの内側で憤怒の泉が溢れ出し、それをとめることができない。憤怒の泉はジョーの内面を真っ赤な血の色に染めた。

「昨夜、エディが殺された。ついさっきエミリが俺の目の前で命を奪われた。俺はこれからバンビーノ・ファミリーを殲滅《せんめつ》する。中途半端には終わらせない。やるかやられるか。敵を皆殺しにするまで戦いをやめるつもりはない」

ジョーは仲間たちを一人ずつゆっくりと見る。

「当然、こちらも無傷では済まないだろう。だから、おまえたちに無理について来いとは言わない。ここでこの場を去るのも自由だ。みんなの気持ちを聞きたい」

太腿のような腕を誇示しながらスマイリー山田が独特の不気味な笑いを浮かべる。

「俺は博打のディーラーとか手先の器用なことはできないから、こういうときにしかファミリーの役に立てない。やりますよ」

ブランケット・ボーイをやりながら父親を捜しているうちにモンタナジョーと出会い、博打を仕込まれたビース豊臣はジョーを兄のように慕っていた。「もちろん一緒に行くよ。僕のおとうさんの名前、豊臣秀吉。ニッポンでいちばんのヒーロー。四四二連隊のように僕もヒーローになる！」

「豊臣秀吉」と聞いて不敵な笑みを浮かべたのはロペス宮本だった。「俺は宮本武蔵です」

ジョーはニヤリと片頬を上げる。「斬り結ぶか……」

ロペスは頷いた。「斬り結ぶ　太刀の下こそ地獄なり　一歩進めばあとは極楽！」

ジョーは小柄なマイク伊波に目を向ける。「伊波は沖縄の名前だったな？」

「沖縄は戦争でアメリカが奪っちゃいましたね。でも、ニッポンのカミカゼのほとんどは沖縄を守るためアタックしたと聞いています。日系人が本気で怒ったらどれほどのものか、白人どもに見せてやりますよ」

大柄なホビー原口がジョーの前に進み出た。ハワイからサンフランシスコに流れたホビーは常に孤独であった。やっと心を開ける男に出会った。それがモンタナジョーであった。「俺には家族ってものがなかった。ここが俺の初めてのファミリー。誓いを立てた以上、俺はどこまでもファミリーの掟を守る。ボスについていきますよ」

暴力沙汰は苦手なトニー田辺は青白い顔のまま両手の拳をきつく握った。「僕もやるときはやりますから」

ジョーは仲間たちの顔をじっと見つめた。胸に熱いものがこみ上げてくる。

「みんな、よく言ってくれたな。ゴー・フォー・ブローク……当たって砕けろだ」

ジョーのかけ声にモンタナ・ファミリー全員で鬨《とき》の声を上げようとした、その瞬間、「待ってくれ！」とジョーの前に現れた男がいた。その男は機関銃を携えている。

「俺を忘れてもらっちゃ困るぞ」

ジョーが男の精悍《せいかん》な顔を見てニヤリと笑う。「……ヤンギ」

「俺はモンタナ・ファミリーの一員というわけじゃない。戦争に行くのも拒否した。だがな、男を捨てたわけじゃない。あんなきたねえやつらは許せねえ」

ジョーの頬に笑顔がこぼれる。「ありがとう」

ジョーは拳銃を構えた。「ジェントルマン、レッツゴー！」

仲間たちが鬨の声を上げた。「イエッサー！」

ジェス・バンビーノとの抗争は熾烈を極めた。バンビーノがモンタナ・ファミリーを嫌うのは単に縄張り争いだけが原因ではなかった。バンビーノの弟はイタリア兵として志願し四四二連隊と戦って戦死していたのだ。バンビーノの日本人嫌いは徹底していた。日系ギャングなど認めるわけにはいかなかった。バンビーノは殺し屋を雇ってジョーの命を狙った。

しかし、モンタナ・ファミリーの結束力はイタリアン・マフィアに劣ることはなかった。それは戦争によって捻じ曲げられた祖国へのアイデンティティのためであったのかもしれない。屈折した情念と衝動を原動力にバンビーノ・ファミリーとの抗争を繰り広げたのだが、その戦い方は四四二連隊のそれと似ていた。

レイモンド・ロレータ・パトリアルカの屋敷――。

いつもなら黒い服を着た大柄な男たちが屋敷のあちこちで目を光らせているのだが、この日は誰もいなかった。屋敷の中は硝煙と血の臭いが漂っていた。どこかでなにかが焦げた臭いもする。モンタナ・ファミリーはカルロ・ガンビーノを裏切り、ジェス・バンビーノに寝返ったパトリアルカの屋敷を占拠した。パトリアルカとジョーの妻メアリがジョーの前で跪《ひざまず》かされる。

レイモンドは作り笑いを顔に貼り付けて、ジョーに媚《こ》びを売るかのように上目遣いで仰いだ。「ジョー、よく来てくれた。よく助けに来てくれた」

ジョーの手をとろうと立ち上がったレイモンドをジョーは足蹴にする。

「立つな！」

「なんだよ……ジョー。誤解するな。俺はおまえの女房のメアリが人質になったのを一人で助けに行ったんだ。反対に俺も捕まっちまったけどな。そりゃあ、俺はドジを踏んだのかもしれねえ。けどよ、これでも一生懸命やったんだ。おまえのファミリーのこと、おまえらの家やシノギのことについて喋らせようと毎日のように拷問されてよ。でもよ、俺は口を割らなかった。なんにも喋らなかった。頑張ったんだよ。だから、こうして喧嘩に勝てたんじゃねえか」

レイモンドを冷ややかに見るジョー。その冷酷な目はレイモンドには悪魔のようにさえ思えた。迫りくる命の危機から逃れようとレイモンドは必死であった。

「なあ、今度のことでよ、ニューヨークは喜ぶぜ。これからはおまえが俺の上に立つことになるだろう。おまえが……いや、あんたがシカゴのボスだ。いいんだ、それでいいんだよ。これからは俺とあんた、二人してシカゴをおさえきることになる。俺はあんたを支えるぜ。どんどん店を広げてアメリカ中にモンタナ・ファミリーを伸ばしていこう。それから……」

「いつまでくっちゃべってるんだ」

ジョーはレイモンドの言葉を遮る。

「だから……これからは、二人で……」と、かすれた声で言い訳を並べようとするレイモンド。握手を求めようと立ち上がるが、その瞬間なんの躊躇《ためら》いもなくジョーは拳銃の引鉄《ひきがね》を引いた。レイモンドの胸から血飛沫《しぶき》が上がり、そのまま床に膝から落ちた。さらにジョーは後頭部に弾を撃ちこむ。レイモンド・パトリアルカの屋敷の豪奢なリビングに血の海が広がっていく。

レイモンドの死体の横でメアリは口をぽかんと開いていた。

「なぜだ？」とジョーはメアリに詰め寄る。

メアリはジョーの質問には答えず、ぽつり呟いた。「……レイモンドを殺したのね」

ジョーはメアリの両肩を掴《つか》んで揺さぶった。「なぜ裏切ったんだ？」

メアリは甲高い声で喚《わめ》く。「レイモンドを殺した。人殺し！　あんたは人殺しよ」

ジョーは冷ややかな目をメアリに向けた。「そのとおり、俺は人殺しだ」と抑揚のない声で答えると、さらに乾いた声色でメアリに「なんで俺を裏切った？」と同じ質問をした。

メアリはかぶりを振る。「あんたに殴られてからなにもかもが嫌になったのよ。わたしはあんたと二人で前を向いて生きていきたかった。でも、あんたはわたしを家の中に閉じ込めようとした。男の仕事に口出しするなってね。あんたたちニッポンの男はみんなそう。野蛮人なのよ！」

今度はジョーがかぶりを振る。「よせ。俺個人の問題と日本人を一緒にするな。俺はアメリカ人だ」

メアリは金切り声を上げる。「野蛮人よ！　ジャップは卑怯な野蛮人。真珠湾の騙《だま》し討ちだって四四二連隊の強さだって。気違いじみたカミカゼだって。あんたたちが並外れて残虐な民族だからできたのよ」

「黙れ！　なにも知らんくせにくだらんことを言うな」

「そうね。あんたはいつもそう言ってわたしと話をしようとしなかった……」

ジョーはメアリに鋭い視線を浴びせた。「それでレイモンドと寝たってわけか」

「レイモンドは同じ人種の男だから。わたしだめなのよ、一度嫌いなるととことんだめなの。あんたたち日系人の声も黄色い肌も短い足も、時々匂ってくるミソスープの匂いもなにもかも、吐き気がするのよ！」

しばらく黙ったままメアリを見ていたジョーは、ふうと溜め息をついた。そして「わかった」と声をひそめて言った。

「わたしも殺す？」

ジョーはそれには答えずにメアリに背を向ける。メアリをそのまま解放してやろうと思ったのだ。だが、背を向けた隙にメアリはスカートの裾に隠し持っていた拳銃を手にした。ジョーの背中に狙いを定める。

ドーンと銃弾が弾かれた音が轟く。倒れたのはジョーではなくメアリであった。

メアリの背後でヤンギ北村が銃を構えていた。

思わずメアリに駆け寄るジョーだが、メアリは頭から血を流し、息をしていなかった。亡骸《なきがら》のかたわらには拳銃が転がっていた。それを見たジョーの心の中で憤怒、悔恨、憐憫《れんびん》、挫折……さまざまな感情が渦巻く。ジョーはやりきれぬ想いで表情を歪《ゆが》ませた。

ヤンギは「ジョー、またな」と小声で告げて、その場を去ろうとする。ジョーは黙ったまま頷いた。

一九五三（昭和二十八）年から始まったモンタナ・ファミリーとバンビーノ・ファミリーの抗争は一九五七（昭和三十二）年に終止符が打たれる。この抗争でモンタナ・ファミリーはビース豊臣、マイク伊波、ロペス宮本、トニー田辺の命が奪われた。

しかし、ジェス・バンビーノが突然失踪を遂げる。

バンビーノの失踪にモンタナ・ファミリーが関わったのは隠しようもない事実である。勝利を手にしたジョーだが、仲間を失った悲しみは拭うこともできず、苦々しい思いを噛み締めるばかりであった。

奇跡のジョー

バンビーノ・ファミリーがいなくなり、シカゴの裏社会を牛耳るようになったモンタナ・ファミリーはモンタナジョーの憂鬱とは裏腹に六〇年代から七〇年代にかけて大きく勢力を拡大した。六〇年代中頃にはラスベガスにも進出した。

ジョーはシカゴの賭博場だけではなく八軒のカジノ、十軒のキャバレー、四軒のホテルをハワイとロサンゼルスにオープンさせ、不動産業にも手を染めた。表向きはマフィアの一員であることは隠していたが、シカゴからラスベガスまでプライベートジェット機を飛ばすようになれば衆人の目は誤魔化せなくなる。とりわけジョーに目をつけたのがFBIであった。

一九八〇（昭和五十五）年八月、シカゴ・メルローズパークのホテルで開帳された不法賭博の現場をFBIが強制捜査し、ジョーが逮捕される。それを皮切りに不正賭博での逮捕が続いた。当初は裏切者はいなかったモンタナ・ファミリーだったが、組織が大きくなり構成員を百名以上も抱えるとなると、どこかで綻《ほころ》びが生じる。一九八三（昭和五十八）年一月、ジョーと一緒に逮捕された三人の部下が、罪の軽減と引き換えにファミリーの秘密を暴露してしまったのだ。

事はモンタナ・ファミリーだけでは済まない。ニューヨークのボス、カルロ・ガンビーノもジョーの存在がマフィア全体を脅《おびや》かすものになると危惧し始めたのだ。

保釈されたジョーはシカゴ北地区を牛耳る同僚のジョー・アーノルドから呼び出される。

「ついてなかったな、ジョー。ボスは今度のおまえの逮捕をとても残念がっている。おまえを食事に招待したがっているので来てくれないか」

ボスとはガンビーノが信頼するシカゴ最大のマフィアの大親分ビンセント・ソラノのことである。

「招待したい」というのに「おまえの車に乗せていってくれ」というアーノルドの申し出を不審に思ったが、渋々従うことにした。ジョーが運転席、アーノルドが助手席、そして後部座席にアーノルドの手下であるキャンビースとガッツォが乗った。

ジョーは博打打ちの勘で不吉な予兆を感じとってはいたが、ソラノの名前を出されたら断れない。ジョーは用心して、すぐに取り出せるように拳銃をスーツの内ポケットにひそませていた。

目的のレストランを前にして突然、それは起こった。後部座席にいたガッツオの二十二口径が火を吹いた。それも立て続けに三発。ジョーが隠し持った拳銃を握る間もない早業であった。ジョーの頭から鮮血が飛び散る。

上半身をダッシュボードに乗せたまま微動だにしないジョーを見て、アーノルドは満足そうに頷き、薄気味悪い笑みを浮かべた。あの有名なモンタナジョーを仕留めたのである。三人は車を降りて夜の闇の中に消えていった。


ジョーは薄れゆく意識の中でエディ上原の声を聞いた。

「さあさ、はった、はった！　目を皿のようにして見ているんだよ。おいらの彼女はグッドルッキン　やさしいおめめに　ちっちゃな唇　ちっちゃなオッパイ　それでもおいらにゃ最高さ　夏は涼しく抱きやすく　冬にゃ湯たんぽいらないぜ　その点あんたのヨメさんは　今夜も誰かとお楽しみ………」

そしてトビー篠塚の声。

「テキサス大隊は白人ばかりだからだよ。ほかのどの部隊もできなかったこの救出作戦だ。大男の白人ばかりのテキサス大隊を僕たち日系部隊が助け出しみろ。戦後になってから日系の評価は上がるぞ。二度と『ジャップ』なんて呼ばせないよ」

エミリの声。

「貧しく疲れた人々よ　自由に憧れる人々よ　嵐に翻弄され　寄る辺なき人々よ　わたしのもとに来るがいい　黄金の扉のかたわらで　わたしは灯りを掲げ待っている」

母の歌声。

そして父の叱責。

「あとに残した　愛し子の　笑顔見たなりゃ　忘らりょか」

「暴力に暴力で対抗したら相手と同じレベルまで落ちてしまうと、いつも言ってるだろう」

死んでいった仲間たち、生き別れた両親の声が頭の中で反響を続けた。そして彼らの声がジョーをあの世の入り口から引き戻したのである。

――俺は……生きているのか……。

ダッシュボードから頭をもたげて首を振ってみた。目の前にあるものは赤く染まっていたが、それはまだとまらない血のせいか。いや、怒りのためか。

ジョーははっきりと意識を取り戻し、エディたちに「ありがとう」と囁《ささや》いた。

三発の弾丸は頭蓋骨を砕くことなく、後頭部から骨の外側をぐるりと回り、前頭部から抜けていたのだ。三発ともである。まさに奇跡である。

ジョーは心に誓った。

——マフィアには〝オメルタ〟というものがある。掟のことだ。マフィアにとってオメルタのいちばん大切なものはファミリーを守ること。ファミリーの秘密を外にもらさないということだ。それをこの俺が、よりによってこのモンタナジョーがばらすと思われたのか。結局、やつらにとって俺は東洋人のストレンジャー。ファミリーじゃなかったわけだ。だったら、やつらの期待にこたえて全部ばらしてやろうじゃねえか。


ジョーはFBIの公聴会に出て、ニューヨークとシカゴのマフィアに関するすべてを証言した。それは幹部の住所から名前、シンジケートから裏組織まですべてであった。ジョーの証言によってニューヨークとシカゴのマフィアは壊滅状態に追いやられた。

一九八三（昭和五十八）年四月、モンタナジョーはＦＢＩへの捜査協力で罪が軽減され、不法賭博開帳の罪で五年の保護観察処分となった。その後は証人保護プログラムが適用され最高度の警備体制の中で誰も知らない場所で暮らすことになった。

エピローグ

ハワイ諸島の中にあって観光客の少ない鄙《ひな》びた風情を残す小さな島の公園――。

ベンチに佇む東洋系の老人が集まってくる鳩たちに虚ろな目を向けたまま独りごちた。

「俺はガキの頃、親を捨てた。大人になってから女房を見殺しにした。組織を裏切った。マフィアにとっていちばん大切な掟であるファミリーを守ることもできなかった」

老人の座るベンチから数十メートル離れた木の陰には二人の男が立っていた。彼らはＦＢＩのエージェントであった。老人はＦＢＩの証人保護プログラムの対象者であった。老人はもう二十年もマフィアからの報復という身の危険に晒《さら》されていた。完全な警備体制にあったとしても常人であれば気が休まることはないだろう。マフィアの報復はいつ、どこで起こってもおかしくないからである。老人の不敵な笑顔は怯《おび》えを隠す鎧のようなものでもあったのだ。

「あなた」と声をかけられて老人はびくりとする。

「誰だ？」としわがれた声で訊き返す。

「礼子です」

老人は首を傾げる。「礼子？　ヤンギの妹か」

「そうよ、礼子。ヤンギの妹で今はモンタナジョーの奥さん」

「すまん。ちょっと混乱して」と老人は首を傾げる。そして「ヤンギはどうしてる？　元気か？」と訊いた。

「おにいちゃんはね、三年前に亡くなったでしょ」

ぎょっとして礼子を見る老人。「亡くなった？」

頷く礼子。

「誰に殺《や》られた？」

「殺られたんじゃなくて、病気。癌だったでしょ」

そっと肩に手を添える礼子の顔を横から覗き込みながら老人はなにかを思い出そうとする。そんな老人に礼子はやさしく微笑み返す。「大丈夫。すぐに思い出すよ。さ、もう家に入ろう。ずいぶん冷えてきたわね」

老人の上腕に手を添えて老人をベンチから立たせようとする礼子。だが、老人はその手を制止する。

「待てよ。じっとしていろ」

老人の目つきが一変していた。眉をギュッとひそめている。

「え？」と礼子は聞き返し、あたりを見回す。

「来るぞ。やつらだ」

「どこ？　どこなの」

「来た！　礼子、隠れていろ」

老人はなにもない宙を睨みつける。礼子は後退りして老人から離れる。

「おいおい。おまえらいつまでこそこそ隠れていやがるんだ。俺はどこにも逃げも隠れもしねえからさっさと出てこい。言っておくが、俺は鉄砲の弾くらいじゃ死なない男だぜ。それはおまえたちもよく承知のはずだ。さあ、どこからでも撃ってきやがれ」

老人は腰に隠し持っていたナイフを抜く。

「このナイフで相手をしてやるぜ。ああ、なんだよ、鉄砲の森じゃねえかよ。おお、レイモンドもいる。バンビーノも一緒かい。おまえらみんなあの世に逝けねえで彷《さ》徨《まよ》ってやがるんだな。よし、それじゃあ、俺が地獄へ送ってやるぜ！　この死にぞこないめが」

ビュッと空気が裂ける音がした。老人がその身なりとはそぐわない俊敏な動きでナイフを扱う。やがてにんまりと不敵な笑みをもらす。「ハハハ。なんだ、みんな消えちまった。だらしねえやつらだな」

青ざめた顔の礼子が老人の腕をとる。「あなた、しっかりして」

だが、老人の目は礼子のいない虚空を睨みつける。

「今度はなんだ、え？　おまえら、ドイツ兵か？　おいおい、こんなに若かったのか……。おまえたちにはなんの恨みもなかったけどな。だが、俺は後悔してねえぜ。もう一度あの世に送ってやるよ」

上下左右に幾筋もナイフで空気を刻む。やがて息が上がり、その場に跪《ひざまず》いてしまう。

「年のせいだな。息が切れるぜ。昔のヨーロッパ戦線では徹夜の戦いでも駆け回っていたというのに……」

ゼーゼーと苦しそうに息を吐く老人をいつの間にか黒装束の集団が囲んでいた。

「おまえら、その恰好はなんだ？　おまえら死神か。俺をお迎えに来たってわけか？　俺は死ぬわけにはいかねえ。まだまだ、そっちに行くわけにはいかねえんだよ。さっさと失《う》せやがれ。この死神野郎」

死神に向かって片膝をついてナイフで切りつける老人。だが、死神はカレイドスコープの中にいるように変幻自在に形を変えて、分裂していった。

「……なんだ、数が増えてきやがったな。面白れえ。やってやるぜ。いいか、俺は死ぬわけにはいかねえ。そのわけはなぁ、そのわけはな……」

息が切れて白目をむきながら、その場で昏倒する老人。死神の集団はいつしか消え去り、礼子の腕の中にいることに気づく。

「そのわけはなぁ……そのわけは……」

虚ろだった老人は目の焦点が瞬間的に定まった。「礼子……礼子、いたのか」

「ずっと一緒にいたよ」

「俺はどうしても、くたばるわけにいかねえんだ」

老人の顔は紙のよう白くなっていた。目尻には涙が滲んでいた。

「もう喋らないで。じっとしてて」

「俺にはな……今度こそ……なんとしても守らなきゃならない、大切な……新しいファミリーができたんだ」

老人の双眸《そうぼう》は礼子を見つめたまま、体から少しずつ力が抜けていった。老人の唇が震える。なにかを伝えようとしたが、それは呻《うめ》き声にしかならなかった。

老人は愛する人の腕の中で静かに旅立っていった。

あとがき

映画「ゴッドファーザー」でお馴染みのアメリカのマフィアはイタリア系だけかと思っていたら、モンタナジョーという日系人のマフィアが実在した。それもアル・カポネ以来のマフィアの本拠地シカゴ一帯を支配した大物マフィアだったという。私がこの事実を初めて聞いたのは、古い友人である元角川映画の古賀宗岳氏からだった。映画化を考えた彼は先ず当時の日本を代表する俳優である高倉健さんに、この企画の出演をオファーしているところであった。だがその当時モンタナジョーこと本名・江藤健は、FBIの公聴会でマフィア組織の内情を暴露して組織から足を洗った結果、マフィアが血眼《ちまなこ》になって彼への復讐を企てており、その身は未だFBIの保護下にあるという理由で、映画化は時期尚早ということになってしまった。同じく映画化を企画した松竹の奥山和由プロデューサーもFBIからの忠告を受けたのか、「TOKYO　JYO　マフィアを売った男」という名のドキュメンタリー映画を製作するに留まった。

そこで私は日本国内で舞台劇にするなら問題もなかろうと思い、書いた芝居がこの「祖国への挽歌」である。幸か不幸かこの芝居を初演した二〇一九（令和元）年には既にモンタナジョーはその人生を閉じていたが、「昔、ジョーさんにはお世話になった」という元イタリアンマフィアの人や「昔、私の父の柔道場にジョーさんの仲間が通っていた」という在米日本人の方などが観劇に来てくれた。直ぐ翌年からの再演を予定したのだが、あいにくのコロナ騒動。四年ぶりの二〇二三（令和五）年九月に、ようやく同じ俳優座劇場で再演することができた。

モンタナジョーこと江藤健は十六歳で宣教師であった父の家を飛び出した。そして彼のマフィアとしての成功の後、父親は天寿を全うして亡くなるが、喪主である健は遂に葬式には姿を現さなかったという。モンタナジョーという怪物を生み出した原点は正にここにあると思い、ここからは想像の羽根を膨らませて戯曲を書いた。排日移民法に揺れる日系人差別全盛の当時のアメリカ社会において、キリスト教の宣教師として絶対的非暴力、無抵抗主義を説く父親と、激しく差別と闘う意思を持つ息子の対立からこのドラマを書く。これこそが戦後あらゆる戦いを放棄したままの現代日本人への問題提起だとも思ったからだ。KKKに拉致され身を堕《お》とす母親の存在やエミリ、メアリ、幸子たち女性の存在は皆私の創作である。またハワイ知事から上院議員になり今はハワイ空港の代わりにダニエル・K・イノウエ空港と、空港の名前にまでなった英雄ダニエル井上氏とジョーが同じ四四二日系人連隊に入り、ヨーロッパ戦線で戦ったことは事実であるが、二人が言葉を交わした場面も創作である。だが私はこの二人の生き方、片や上院議員、片やマフィアの大幹部という全く正反対に生きた彼ら二人の戦後の人生に、戦う男に共通の背中を見たのだ。

四四二連隊はヨーロッパ戦線で敵に包囲された二百十一名のテキサス大隊を救出するために、それとほぼ同数の二百十六人の死者を出し六百名以上が手足を失った。「僕らの子供たちにはもうジャップなんて呼ばせない！」と、彼らの戦いはアメリカ陸軍史上最多の勲章を受けた。

私の幼馴染みで警察官僚を経て今は情報関係の仕事をしているSという人物から聞いた話だが、情報交換をするアメリカの高級軍人たちは皆、NATO以上に日本人を信頼しているという。それは今なお続く四四二連隊への尊敬の念からだそうだ。戦前の日本人とは世界でも誠に稀有《けう》な価値観、武士道精神というものを持っていたようだ。劇中にある東條英機首相からの手紙「いかなる国においても、軍人は祖国に忠誠を尽くすべきである。日系人はアメリカで生まれたのだから、軍人になってアメリカに忠誠を尽くすのは当然のことである」然《しか》り。アメリカ大統領フランクリン・ルーズベルト大統領の死去に際し、終戦直前に総理大臣に任命された鈴木貫太郎はこう談話を発表した。
「今日、アメリカがわが国に対し優勢なる戦いを展開しているのは、亡き大統領の優れた指導があったからです。私は深い哀悼の意をアメリカ国民の悲しみに送るものであります。しかし、ルーズベルト氏の死によって、アメリカの日本に対する戦争継続の努力が変わるとは考えておりません。我々もまた、あなた方アメリカ国民の覇権主義に対し今まで以上に強く戦います」……この談話を聞いたドイツ人作家トーマス・マンは、ルーズベルトの死を口汚く罵《ののし》ったヒットラーの毒舌を嘆き、ドイツ国民にラジオでこう語りかけた。「ドイツ国民の皆さん、東洋の国日本には、今尚騎士道精神があり、人間の死への深い敬意と品位が確固として存する。鈴木首相の高らかな精神に比べ、あなたたちドイツ人は恥ずかしくないのですか」（西村眞悟著「日本民族の叙事詩」より）
　私は日本が七年間のアメリカ軍による占領から曲がりなりにも独立した一九五二（昭和二十七）年の生まれである。小学生のころ、観たテレビは「ローハイド」「ララミー牧場」「ボナンザ」など多くの西部劇と、ディズニー作品や「名犬ラッシー」等々、アメリカの子供と変わらない。初めてアメリカ旅行をしてグランドキャニオンの赤茶けた崖をセスナ機から見た時は、郷愁を感じてしまったほどだ。戦後育ちの私たちの中にはアメリカが確かに存在する。だが自由と平等を理想に掲げ正義と勇気を尊ぶアメリカは、同時にネイティブのインディアンと締結した三百回以上の契約の全てを一方的に破棄し、ほぼ皆殺しにして成立した国である。黒人奴隷を使って富を蓄え、ハワイを強奪しフィリピンを奪い、日本人を無差別爆撃と原爆の投下で抹殺しかけた国でもある。アメリカに対する内なるアンビバレンツな感情を確かめたい。その強い思いの中でこの芝居を創り、この度のノベライズに至った。

今、再びこの作品の映画化を企画している人たちがいる。期待したい。何せ頭に三発の銃弾を食らっても生き延びてしまった強運の男の物語だ。何が起きるかわからない。

文中、モンタナジョーの本名・江藤健を使わず「ジョー」で統一させてもらったのは演劇という限られた時間芸術上の制約からで、この本も原作戯曲に準じた。ご寛恕《かんじょ》願いたい。

最後に推敲を重ねてノベライズしてくれた工藤尚廣氏に心より感謝を申し上げたい。

野伏翔

二〇二四年二月

本書は舞台演劇「祖国への挽歌」を小説化したものです。ノベライズにあたっては舞台演劇の主題を重視しつつ、内容には新たな創作が加えられております。なお、物語はフィクションです。実在する人物、団体等とは一切関係ありません。

[参考文献]

「モンタナ・ジョーの伝説」村上隼人　宝島社
「モンタナ・ジョー」村上隼人　小学館
「TOKYO JOE　マフィアを売った男」エレイン・C・スミス　講談社
「『アメリカン・コミュニティ』としての収容所」南川文理　立命館大学
「ツーレイク強制収容所の日系アメリカ人」本多善　大阪経済法科大学
「鉄条網のなかの『コミュニティ』」南川文理　立命館大学
「442連隊戦闘団　進め！日系二世部隊」矢野徹　KADOKAWA
「アメリカに渡った戦争花嫁」安冨成良・スタウト梅津和子　明石書店

ノベライズ / 工藤尚廣

くどう・なおひろ●1960年４月25日、埼玉県戸田市生まれ。明治大学卒業。「ザテレビジョン」「TVガイド」の特派記者を経て、「船の旅」（東京ニュース通信社）、「おとなのデジタルTVナビ」（産経新聞出版）の編集長を歴任。書籍編集者として「世界に乾杯！」（アグネス・チャン著）、「不思議航海」（内田康夫著）、「テレビの国から」（倉本聰著）を手がける。2023年4月にエッセイ集「雑駁の日録」を上梓。

野伏翔

のぶし・しょう●1952年１月23日、茨城県古河市生まれ。演出家、映画監督。獨協大学外国語学部英語学科卒業。文学座演劇研究所を経て1982年、「劇団夜想会」を設立。「夜想会」の名称は、夜空のもとで稽古を重ね、「人とは」「魂とは」と問い続ける姿勢を託すべく、自身が命名した。代表作は映画「とびだせ新選組！」「めぐみへの誓い」、演劇「俺は、君のためにこそ死ににいく」「めぐみへの誓い」「通州に生きて　ある女の一生」など。これまでの演出作品は100作を超える。空手道、少林寺拳法、剣道など武道は計十段。趣味はトランペット演奏。

祖国《そこく》への挽歌《ばんか》
日系人マフィア　モンタナジョーの生涯

2024年2月22日　初版第一刷発行

作・演出　野伏翔
著　工藤尚廣

発行者　平川智恵子
発行所　株式会社ユニコ舎
〒156-0055　東京都世田谷区船橋 2-19-10
ボー・プラージュ 2-101
TEL 03-6670-7340　FAX 03-4296-6819
https://unico.press/

企　画　特定非営利活動法人夢ラボ・図書館ネットワーク
印刷所　大盛印刷株式会社
装　丁　芳本亨
写　真　鶴田照夫

ISBN978-4-911042-04-5　C0093